ハートは世界の共通語

リュウ テンカ

ハートは世界の共通語

リュウテンカ

目次

第一章……3
第二章……99
番外編……149

第一章

マリアは、十歳の少しポッチャリした普通の女の子。ニューヨークに住んでいて、家族は、両親と兄が一人の四人家族。父はエンジニア。母は小学校の先生をしている。

マリアは、沢山の人の集まりが苦手。一人の時、何故か一番心地いい。一人だけれど寂しくない。いつも誰かが傍にいるような気がして心で話しかけている。

その日も学校から帰って、机の前で向こうの窓の方に目をやってボーっとしていた。マリアが一瞬、目を離すと、その窓に少女が足を組んだ形で座っている。年はマリアより、少し上のように見える。

「あなたは、誰？　どこから来たの？」と聞くと、

「あなたは、私のこと知らなくても、私はあなたのことをみんな知っているわ。だって、あなたが私にいつも話しかけてくれるもの」

「それじゃ、どこから来たの？」

「あなたの知らない遠い遠いところ。色々な国があって、色々な人がいるところ。私は、その国のどこの国にも自由に入れる通行証を神様から頂いているの。この国もその中の一

つの国、あなたが呼んだから来たのよ。どう、私と一緒にその国々を旅してみたいとは思わない?」と言った。

マリアは一瞬目を輝かせて、「行く、行く」と言いそうになったが、少し、気が落ち着くと少し不安になってきた。「行くと言っても、今の私には学校もあるし、お父さん、お母さん、お兄さんも私がいなくなれば、心配するだろうし……」

「大丈夫、もうすぐ学校は夏休みだし、それにこの国と別の国とでは皆が逆さまだから、あなたの姿はいつも皆には見えているの。今、答えを出さなくてもいいから考えておいてね。答えが出たら、また、来るから」と言うと、もうそこには誰の姿もなかった。マリアは夢から覚めた子供のようにボーっとして、そこに立っていた。

やがて、そうだ私、あの少女の名前を聞くのを忘れてたわ。名前を知らなくては、呼べないし、そんな遠い遠い国から、また、来てくれるのかしら? まぁ、いいか。


次の朝は日曜日。いつも慌ただしくしている朝も日曜日だけは、少しゆっくりした朝が迎えられる。マリアが二階の自分の部屋から下のキッチンに降りて行くと、いつもの母の姿とは違うエプロン姿の母がいて、朝食の用意をしている。マリアの方を振り向いて「あら、マリアおはよう。あなた、また、太ったんじゃない。あまりお菓子を食べてはだめよ」

と言った。

何だか、たまに会う人に言うセリフみたい、とマリアは思った。

そこへ、お父さんが自分の部屋から出て来て「やあ、マリア。この頃、学校の成績はどうだね。勉強はやっているかね」と聞いた。

その後から二歳上の兄が慌ただしく階段を下りて来た。今日は、塾の試験があるらしい。兄は勉強が良く出来るので、マリアとは違って相当、両親の期待が大きい。急いで朝食を済ますと、慌てて家を飛び出して行った。マリアも朝食を済ませ自分の部屋で休んでいると、しばらくして友達のメアリーが来たことを母が、二階のマリアに告げに来た。そうだ、メアリーと一緒に近くの教会へ行く約束をしていたのだと思いだした。

マリアは、あまり教会を好きだと思ったことがない。以前、母親に連れられて行ったことがあるが、その時、目にしたイエス様の姿にとてもショックを受け、その姿に祈りをささげる人々の姿に子供ながらに違和感を覚えた。それ以来どんなに誘われても教会には行ったことがなかった。それがある日、教会の前を通りかかった時、マリア様の写真が目に入った。その写真の前に近づくと、マリアに何か語りかけてくれそうに思えて、しばらくの間見つめていた。そういえば私の名前もマリア、何か意味があるのかも。

そのことをいつも教会に行っている友達のメアリーに話すと、「それなら、みんなの集まらない静かなところに立っているマリア様のところへ連れて行ってあげる」と言う約束の日が今日だったのだ。

マリアは急いで支度をするとメアリーのところへ駆け降りた。行き先も告げずに「行ってきます」と大きな声で言ってメアリーの手を取り、外へ飛び出した。

「そんなに慌てなくてもマリア様はどこにも行かないわよ」とメアリーは笑った。

そこは、小さな教会だった。教会と言っても、そう言われないとわからないようなところだった。メアリーがチャイムを押すと中から白髪交じりのシスターが扉を開けてくれた。メアリーが「こんにちは」と挨拶すると、メアリーはよく来ているのかシスターがやさしく二人を中に入れてくれた。中に進むと、薄暗い部屋の正面に白く光るマリア像がこちらを向いて立っていた。シスターがその前に座るように言ったのでマリアは言われたとおりに膝まずいて、マリア様を眺めていたら目から涙が出て、声に出して泣いていた。涙が止まらないマリアにシスターが「いいのよ。泣いても。その涙は、あなたの美しい心。その心をマリア様は知っているから、今日あなたをここへ招いたのよ。だからマリア様にお礼を言いましょうね」とやさしく言った。

マリアは今まで自分の心を人から褒められたことなど一度もなかった。まして両親からも……。子供のマリアにも何となく人間の価値についてわかったような気がした。

そのことがあってから、マリアは以前にもまして一人で考え事をするようになった。

そんなある日、マリアが学校から帰り、ドアを開けると、どうやって入ったのか、そこにあの日の少女がやはり前のように窓のところに座っていた。

「お帰り。どう、私と遠い国へ行ってみる気になった？」

「行きたいけれど、本当に誰にも知られずに行けるの？」

「大丈夫。私を信じて勇気を出して」

「私はどうすればいいの？」

マリアは少女に言われたとおり、傍に来た少女の手を握り目を閉じた。その瞬間、ものすごいスピードでトンネルのようなところを飛んでいる感覚になった。目を開けないようにと言われていたが、少し薄眼で見るとトンネルの中は真っ暗でもなく、少し光なのか何なのか自分達の姿が見えるぐらいの明るさがあった。

どのぐらいの時間なのかわからないまま、気がつけば、そこにいた。

「目を開けなさい」と言われて、大きく目を開けて辺りを見渡した。二人は、大きな八角形のドーナツの真ん中の輪の中に立っているような感じだった。

その八角形の建物には八つの扉があり、みんな同じ形をしている。色は薄いグレーのような色で、材質はコンクリートか石かわからない。

「あの扉のどこへ入るかは、あなたが決めなさい。私がそこへ行ってあなたのことを交渉してくるから」と少女は言った。

そうは言われてもみんな同じ形をしているのだもの。どこがいいかなんて決められないわ、と思ったが、何となく右前方を指していた。

すると、少女が「私は自由に出入りすることが出来るけれど、あなたは初めてなのであそこに行って交渉して来るからここで少し待っていてね」と言って右前方の入口の方へ歩き出した。待っている間にマリアは自分の体をぐるりと回転させながら周りをゆっくり見渡した。いったい、ここはどこなのだろうか？　私達の地球以外に人類が住む世界が存在するのだろうか。だんだん好奇心でいっぱいになってきた。そんなことを考えていたらいつの間にか少女が傍に来ていて、

「交渉が成立したから、さぁ、行きましょう」と言って扉の方へ歩き出した。扉にはカードを入れるところがあって、少女がそこにカードのような物を入れると、人が入れる位の小さな入り口が開いた。

「さあ、行きましょう」と少女が手を取ってくれたのでマリアも勇気を出して入って行った。

二人が入ると自然に扉が閉まった。しばらく二人で歩くと目の前に少し高い丘のようなところがあって、その真ん中に道が一本走っている。昔の日本の農家と言うか、それにし

ても何もないところだった。

ふと、気がつくと一緒に歩いていたはずの少女の姿が見えない。少し不安になったが、「まぁ、いいっか」とつぶやいた。マリアは小さい時から不思議なところを持っている子供だった。それは考えても望んでも自分の力ではどうにも出来ないことは「まぁ、いいっか」と言って自分を納得させる子供で、これも両親が忙しい生活をしていて、あまりマリアの方には目をやることが少ない状況で育ったせいなのか……。かと言って、両親を悪く思うことも別になく、何事も仕方のないことは、「まぁ、いいっか」で片づけられる子供なのだ。だから今の状況も「まぁ、いいっか」で収めて、また、歩き出した。

少し行くと、畑の中で一人の老女が、何やら作業をしている。

「おばあさん、こんにちは」と言うと、老女がビックリしたように振り返り「あら、お譲ちゃん、こんにちは。この辺りでは見掛けない子供だけれど、どこから来たの？」

「ずっと、遠い遠いところの国から来たの」

「ふぅーん、ずっと遠い遠いところの国ね。そんな国があるのかね」

「おばあさんは、どこかへ旅行に行ったことないの？」

おばあさんは、少し考えてから「旅行ね。私はここで生まれて、ずーっとここで暮して来て、別に不満もないから、どこへも行きたいと思わないね」

「それで、おばあさんは、幸福なの？」

また、おばあさんは、少し考えてから、「私は今まで自分のことを幸福とか不幸とかあまり考えたことがなかったから、良くわからないが、幸福とか不幸と言うのは他人と比べるから出来る考えじゃないのかね。他人と比べなければ、そんなことはどうでもいいこと。そうは、思わないかね」

「おばあさんは、この先一人で不安はないの？」

「不安……」また、少し考えて「今、こうして生きて働けて時季が来れば食物が実り、その食物を口に出来て、時期がくれば神様があちらから、お迎えに来てくださる。これ程、安心なことがありましょうか」とおばあさんは、静かにほほ笑んだ。

「お嬢ちゃんは、これからどこへ行くのかね？」

「私は、この国のことをもっと知りたいので、もう少し先に行ってみます」と言うと「それでは、気をつけて行ってらっしゃい」と言って送ってくれた。

マリアは、また、畑以外、何もない一本道を歩いて行くと、今度は畑の中におじいさんが作物に竹のような物で、つっかえ棒を立てる作業をしている。

「おじいさん、こんにちは」と言うと、おじいさんが振り向いて、

「やぁ、お嬢ちゃん、こんにちは。この辺りでは見掛けない子供だけど、どこから来たの

かね」と言ったので、また、「ずっと、遠い遠いところの国から来たの」と言うと、うーん、としばらく考えてから「ずっと遠い遠いところの国ね。そんな国があるのかね」とまた、おばあさんと同じことを言った。

「おじいさんは一人で寂しくないの？」

おじいさんは、また、ふぅーん、と考えて「別に今までそんなことを考えたことなどなかったからよくわからないが、寂しいと思うのは一人だと思うから寂しいのではないのかね。わしは、一人だと思ったことはないからね。鳥や草木、空、雲、ミミズもモグラもみんな友達。草や木でも話は出来る。みんな聞かないだけのこと。聞けば必ず答えてくれる。だから、寂しいどころか、むしろ楽しいよ。お前さんは、これからどこへ行くのかね」

「私はこの国がどんなところなのか見たくて来たの。まだ、少ししか見ていないので、もっと、向こうの方へ行ってみるわ」と言うと、

「それは、およし。この国はどこまで行っても同じ風景だよ。ここに住んでいる人間もみんな同じ考えの人達ばかりだし、遠くへ行っても疲れるだけだよ。それより早く自分の家へお帰り。家のみんなが、心配するよ」

おじいさんにそう言われると、言われたとおりにしようと思えてきたから不思議。

「それでは帰ります。おじいさん、いつまでも元気でね」

「それじゃ、気をつけてお帰り」と手を振って、いつまでも見送ってくれた。

さっき出会ったおばあさんの畑のところには、もう自分の家に帰ったのか、おばあさんの姿は見えなかった。ちょっぴり寂しくなったが、取りあえず入口の方へ急いだ。

入口に着くとドアは閉まっていたが、手で押すと開いた。外に出ると少女が待っていてくれた。

「中の様子はどうだった。感想は？」と聞かれたが、今のマリアには、見て来たことについての感想をすぐには見つけることが出来なかった。

「一人で、良く考えてみることにするわ。それでいいかしら」

「そうね。あなたなら、きっと、良い感想を聞けると思うから、待ってるわ。それでは、帰るけれど一つだけ約束してね。今日あなたが体験したことは人に言ってはだめ。私とあなたの二人だけの秘密。わかった？　守れる？」

「わかった。守るわ。約束する」

少女の小指と指きりをした。

「あぁ、そうだ。私、あなたの名前をまだ教えてもらっていないの。教えてもらえますか？」と言うと、少女は少し考えて「私にも名前はあるから教えてもいいけれど、それより私はまだ、あなたのこと、全部は信じていないの。もし、私の名前をあなたに教えると、あなたは友達に言ってしまうかもしれないでしょう。そうすれば、私の名前を知った友達が私の名前を呼ぶと私はあなたと間違えて、その友達のところに行ってしまうかも知れないでしょう。そうすると私のこと、友達にばれて、もう二度とあなたの前に姿を見せられなくなるわ。それでもいいの？」

マリアは急いで「それは、困るわ。そしたら、これから私が、あなたを呼ぶ時どうすればいいの？」

「それはね。どんな人にも一つしかなくて誰にも貸すことも、あげることも出来ないもの。それはあなたの心。そのあなたの心を使って呼べばいいのよ。そうすれば、私はあなたただとすぐわかるから」

「わかった。そうする。ありがとう」

「それでは、帰りましょうか」と言って少女がマリアの手を取ると、また、トンネルの中を一瞬で駆け抜けた。気がつくと自分の部屋に立っていて少女の姿はどこにもなかった。

そんなことがあって、少し経った今は夏休み。普通の家庭なら家族で旅行に行くのだろうけど、うちはみんな、めいめいのことをしていて家族で行動を共にすることは、もう何年もない。母は学校が休みの日にも自分の学習に通っていて、口では「マリア、ごめんなさいね。ママが忙しくて」なんて言っているが心では「この子は放っておいても大丈夫」位に思っているのか「兄と違って、これ以上、手を焼いても無駄な子」と思っているのか。そんなことより今のマリアの頭の中は、この前、少女と行った世界のことが頭から離れなくて、少女が言った感想について、ボーっと考えていた。畑ばかりのところで一本道があって、おじいさん、おばあさんがいるところと言ってしまえば、それで終りだが、少女の言った感想と言う言葉の中には、子供のマリアにも何か深い意味があるように思えて、いつもなら何事も「まぁ、いいっか」で済ましてしまうマリアだが、そのことは何故かそうすることができないでいた。

そんなことを考えていると、フゥとメアリーと、この前行った教会へ行きたくなってきた。「今日は日曜でもないし、それに一人で行っても中に入れてくれるかしら」と思いながらも何故か一人で行きたい気持ちになってきた。「とにかく行ってみよう」と思い教会へ歩き出した。

恐る、恐る入口の方に近づくと今日は入口の扉が開いている。中の方へ目をやると、シスターがマリア様の近くで色々な品物を並べて何か作業をしていたが、マリアに気付くと「あら、あなたはこの前にメアリーと一緒に来た子ね。私は、まだ、あなたの名前を聞いてなかったけれど、あなたの名前は？」

「私の名前はマリアと言います」

「まあ、それはすごいことね。マリアがマリア様のお導きによってここに来られたのですもの。さぁ、マリア様にお礼を言いなさい。そうすれば、マリア様もお喜びになりますよ」

そう言われて、前に来た時のように膝まずいてお祈りをした。マリア様の顔が少しほほ笑んでくれたように見えた。

「シスターは今、何をされているのですか?」とマリアが訪ねると、

「これはね。いつも、この教会に来ている子供達が持ち寄った物で、もうすぐバザーをするの。そのお金を少ない額だけど、アフリカの色々なことで苦しんでいる子供達のところへ寄付するのよ。それで、その値札を付けているところなのよ。いつもは、子供達が手伝ってくれるのだけれど、今は夏休みでみんな、それぞれ自分の家族と出かけて行って誰も姿を現さないわ。そうそう、マリア、時間があったら少し手伝ってくれない?」

「はい」とマリアはうれしそうに言った。こんな自分を頼りにしてもらったことなど、この頃なかった。シスターに言われたように作業をしながら、フゥーと前にもどこかで会ったことがあるように思えて、思い出そうとしていると、そうだ、あの遠い国で出会ったおばあさんに何となくシスターが似ているように思えて、もう一度シスターの顔を見ていると、「どうしたの。私の顔に何かついている?」と言われたので思わず遠い国の話をしよ

うとしたが、少女との約束を思い出し、「いいえ」と言って黙った。

「どう、マリアは神様のこと、信じる？」

「わからないの。この前、ここへ来たのも写真で見たマリア様に惹かれて、そのことをメアリーに話すと、メアリーがここに連れて来てくれたから、まだ、神様のことは良くわからないの」

「それで、いいのよ。神様は誰にも平等だから、わかっても、わからなくても神様はみんなを平等に見ていてくださるの。そのうちわかったことを忘れないように生きていれば、マリアは素晴らしい女性に成長することが出来るから」

「シスターのような？」

「さあ、それは私がすばらしい女性かどうかは私にはわからないわ。人は、皆、他人のことはよく見えても自分のことは見えないものなの。ただ一つ、今、私が感謝することは神様の近くにいて神様が与えてくださった仕事の出来ること。人にはみんな、それぞれに自分の仕事があるのよ。でも、みんな一人で生きているのではないから色々な悪魔の囁きに負けて、自分の仕事を忘れて、その方へ行って苦しむの。でも、そんな時、神様を信じることの出来る人は、途中で自分の道へ戻してくださるのよ」

何故かシスターの話を聞いていると時間が経つのを忘れていて、知らない間に作業が終わっていた。

「ありがとう、マリア。遅くならないうちに早くお家へお帰りなさい」と言ってビスケットを持たせてくださった。

「また、来てもいいですか?」

「もちろんよ。教会と言っても、このような小さいところだから、たいていの日は、私はここに居るから、いつでもいらっしゃい。マリア様も喜んで迎えてくださるわ」

「ありがとうございました。それじゃ、さよなら」と言って歩き出してから、マリアはフゥと妙な気持ちになっていた。それは、これから自分の家から知らない家へ遊びに行くような気持ちで、その気持ちは、自分の家へ着く頃にはなくなっていた。


それから何日かしてメアリーがバザーをするからと、マリアを誘いに来てくれた。シスターが「伝えてあげて」と言っていたらしい。

マリアはあまり多くの人がいるところへ行くのは好きではないが、今日はとてもルンルン気分になってきたから自分でも不思議。マリアが先に立って歩きだすと、メアリーが「マリア、この頃、随分変わったわね。うまくは言えないけれど、少し暗いところがあったけれど、本当に明るくなったみたいよ」

「そう、私には、どう変わったのかわからないけれど、良く変わったのなら、まあ、いいっか」

教会の敷地は小さいが、それでも、もう、バザーの準備は出来ていて、机の上には色々な品物が並べてある。子供達に交じって、二、三人の母親の姿もある。シスターがマリアを見つけてほほ笑んでくれた。マリアは、シスターに言われるまま、商品を売る手伝いをすることになった。マリアには初めての経験だったので、何だか、お客さんを待つ間、胸がドキドキしてきた。

やがて、近所の人なのか子供達の母親なのか、少しずつ集まって、賑わってきた。マリアの最初のお客さんは、ちょっと小太りのおばさん。誰が持って来た物なのか、小さいリボンのついたポシェットを手にして、「あら、可愛いわね。でも、私には、少し可愛すぎるから孫のアンにプレゼントしようかね」と言って、そのポシェットを買ってくれた。マリアはうれしさのあまり、飛び上がりそうになったが、それは、やめて、大きな声で「ありがとうございました」と言った。それから、少しの時間にマリアの前の商品はみんな売れてしまった。他の机の上の商品も、少しの物を残して、ほとんど売れていた。

後片付けをしていると、シスターが近づいて来て、「マリア、今日はよく来てくれたわね。バザーがこんなに売れたのも久しぶりよ。後で、みんなにマリアを紹介するから待っていてね」と言ってくれた。

片付けの後、お母さん達を残して子供達だけが教会の中に入った。まず、みんなで、シスターの言うとおりに、今日バザーが無事終わったことをマリア様に感謝をしてお祈りをした。それからみんなにジュースとビスケットが配られて、みんなで輪になった。男の子が五名、女の子が六名、マリアが入れば女の子は七名。シスターがマリアを紹介してくれたが、「私はマリアです。よろしく」と言うのが精いっぱいだった。それと言うのも「これから先、この人達と、どうやって付き合って行けばいいのか……。学校なら、学校へ行った時だけ適当に付き合って、友達のメアリーのような付き合い方をすればよい。でも、この人達の集まりは、そのような考えで、付き合う人達ではないように思う。だから、自分のことをこの人達は、受け入れてくれるのか、自分はこの人達の中に入っていけるのか、不安になって自分のことを説明することが出来なかった。一つの救いは、誰もそれ以上のことを尋ねる子供がいなかったことだ。

帰る時、シスターはマリアを呼んで小さな声で、「大丈夫。ここへ来る子はみんな何かを乗り越えてきた子供達ばかりだから、話さなくても、みんなわかるの」と言った。メアリーと肩を並べて歩きながら、このメアリーにもマリアにはわからない何かがあって、それを乗り越えてきたのだろうが、マリアの知らないメアリーを見たような気がして、メアリーと友達になれたことに感謝して、知らない間にマリア様にお礼を言っていた。

それから、また、何日か経って、教会でのこと、メアリーのこと、色々なことをボーっと考えていて、いつの間にか眠っていた。夢の中でこの前に行った八角形のドームの前に立っていた。辺りを見廻したが、今度は、あの少女の姿が見えない。これから、どうしようかなと考えたが、自然にこの前の扉の左の方へ向かっていた。そこにも、この前と同じように小さな入り口が横にある。マリアは、通行証を持っていないので、開けてくれるかどうか心配だったが、とにかくノックをしてみた。すると、おじさんがドアを開けてくれた。「私は、通行証を持っていないけれど入ってもいいですか?」と言うと、おじさんは、「この前来た時、渡すのを忘れていたので、今日は忘れないように今、渡してあげよう」と言って、カードを渡してくれた。

「これからは、このカードで入っておいで。失くさないようにするんだよ」と優しく言ってくれた。

辺りを見渡しても、この前のような道はない。少し前に進むと鉄の扉のようなものがある。この扉は開くのかしらと思いながら手を触れると、その扉は開くでもなく、開くと言うよりは、消えたと言う感じ。気がつけば、そこは大きな広場のようなところで、天上からは、ライトの光のようなものが射している。その下では、ロボットのような物が何の目的もないような動きをして歩き廻っている。やがて一人と言うか一台と言うかわからないが、ロボットが、「この辺りでは見掛けない姿だが、どこから来たのかね?」と言ってきたから、マリアは、「遠い、遠い国から来たの」と言うと、「フーン、そんな国がこの国のほかにあるのかね。その国はどんな国?」

「私のような人間が沢山住んでいて、山も海も空もみんな、きれいなところよ」と、マリアが言ってから、自分の口から出た自分の住むところをきれいと自然に口にした自分に一瞬、驚いた。それと言うのも自分の周りにきれいと思うものがあまりないような気がしていたから……。

「フーン、お嬢さんは、幸福だね。私も一度でいいから、そんな国に行きたいものだ」

「あなたは、いったい、この国で何を作っているの?」

「何も作ってなどないさ。ただ、上の方のコントロールで動いているだけ。自分の考えなど何も入れない。私が今、お嬢さんと話が出来るのは、私の体が上のコントロールの言うことを聞けなくなったから、少し休めるだけ、そうでなくては、年中休みなしさ」

「まあ、可哀そうに。私に力があれば、自由にしてあげられるのだけれど」とマリアが言うと、

「可哀そうなんて、優しい言葉を聞けただけでも、今日まで生きてきてよかったよ。礼を言うよ」

そうしていると、また、一人、足の壊れそうなロボットが近づいて来て、「この姿は、ここでは見たことのない姿だけれど新入りかね」と言って来た。

「どこかの遠い遠い国から来たらしいよ」と先のロボットが言った。

「フーン、そこはどんな国だね？」

「とても、きれいなところらしいよ」とまた、先のロボットが言った。

「そんな、きれいなところがあるなら一度行ってみたいね」

「今の私達には無理だろうね。でも、この子は、私達のこと、可哀そうに、自分に力があれば私達を自由にしてあげるのに、だって。何て優しい子なんだ。今日、この子に出会えただけでも、今日まで生きた甲斐があったと言うものだ」

「そうかい、この子は、そんなふうに私達のこと思ってくれるのかね。優しい子供だね。私も、お嬢さんに会えてうれしいよ。だが、ここは、お嬢さんが長くいるところじゃないよ。コントロール室の人間に捕まったら、お嬢さんもロボットにされて、私達と同じように働かされるよ。さあ、早くお帰り」と言われて、急いで入口の方に駆け出した。

マリアが眠りから目が覚めて、辺りをきょろきょろ見廻したが、そこは自分のベッドの上だった。しかし、一つだけ眠る前と違っていたことは、手に、あの建物の通行証を持っていたことだった。

その時、誰かが階段を上ってくる足音がしたので、急いで通行証を机の引出しに隠した。

すると母が部屋をノックして入って来た。

「マリア、ちょっと話があるのだけど」と言った。

マリアは両親には何も期待はしていないが、今は夏休み。どこかへ旅行にでも行く話かも……、と少しは期待していた部分もあった。

「あなたこの頃、教会に行っているそうね。この前、教会のバザーに行って来た人が話してくれたの。ママが言いたいのはね、教会には行くなとは言わないのだけれど、何であの教会なのかと言うこと、ママが何度、誘っても行こうとはしなかったあなたが、何であの教会に行くようになったのか、その理由を知りたいの」

「そんなこと、ママは私に聞くけれど、それじゃ、ママはどうして今の教会に行くの？」

「それは、あそこの牧師さんも立派で、行っている人たちもみんな礼儀正しい人達ばかりだからよ」

「私の行っている教会はどこがいけないの？」

「人の噂では、あそこの教会に行っている子供達は、何か家庭に事情を抱えている子ばかりだと言うじゃないの」

「それがどうなの。それじゃ、うちの家庭は何も事情のない良い家庭なの。私は、誰に誘われて行ったのでもないわ。自分であそこへ行きたいから行っているだけ。いくら、ママが反対しても私は行くわ」と強い口調で言った。

今までこんなにも激怒するマリアを見たことがなかったので、母は一瞬ビックリしたが、すぐに「それじゃ、勝手にすればいいわ」と言って部屋を出て行った。

今まで少々のことでは激怒しないマリアだったが、今日の母の態度だけは絶対に許すことが出来なかった。悔しさのあまり涙が頬をつたった。

しばらくして、下から「マリア、ご飯よ」と言う母の声が聞こえたが、食事に行く気にはなれなかった。今すぐシスターのところへ飛んで行きたい気持ちだが、こんな話をシスターに出来るはずがない。どうすることも出来ない自分の心に、もやもやしながら夜を過ごした。次の朝遅くに目が覚めて下のキッチンに行くと、食台の上には一人前の朝食が置いてあって、みんな出かけていた。

朝食を済ませると、何だかどうしても教会に行きたくなったので、教会へ向った。敷地の前まで行くと女の子が庭の石に腰かけて下を向いて、何かを考えている様子。少し近づくと、それは、マリアと同い年のメリーだとわかった。

「メリーどうしたの。中へは入らないの?」と言うと、鍵がかかっていて、シスターは留守みたいなの」と言った。

「それじゃ、待っていても、いつ帰るかわからないから、ここにいても仕方がないわね」

「そうだけれど、私、もう少しここで待ってみるわ。どうしてもシスターに話さなければならないことがあるの」

「そう、それは困ったわね。私には話せないことだろうし」

「ううん、そんなことないわ。実は私ね、もうすぐシカゴへ引っ越すの」

「そ、それって本当のこと？　どうして？　と言っても私なんかに言ってもね」

「パパと、ママが離婚することになってね。それで、私がママの故郷のシカゴへママと二人で引越しすることになったの。だから、シスターに会いに来たのよ」

「そんなことがあったの。私はみんなと友達になれたこと、とっても神様に感謝していたのに、寂しくなるわ」

「私がシカゴに行っても、あなたが来てくれたから、みんなも、そんなに寂しがらないと思うわ。それにあなたは、神様に好かれている良い子ですもの」

「ありがとう。私、今まで誰にも良い子なんて言われたことなかったわ」

「これは、シスターの口癖……」と言って、メリーが少し笑った。

　その時、シスターが大きなカバンを手にして帰ってきた。私達を見るなり、「あら二人共、どうしたの。今日は何か約束でもしていたかしら。この頃、物忘れをするようになったものだから」と言って笑った。

「いいえ、約束などしていませんが、私どうしてもシスターに話さなければならないお話があって待っていたのです。そこへマリアが現れて二人で話していたのです」とメリーが言った。

「それは、お待たせしたわね。今、鍵を開けるから入って来てね」

教会の入り口とは別にシスターが住んでいるところが横にある。その入口の鍵を開けてくれて、二人も一緒に中へ入って行った。そこは、小さなキッチンと奥にシスターの寝室が一つあるだけの小さな家だった。

「ちょっと、着替えて来るからここで待っていてね」と言って二人に椅子をすすめてくれた。

間もなくシスターが部屋から出て来ると、やかんにお湯を沸かし、「紅茶でもいただきましょうかね」と言いながらビスケットを二つずつ、小さなお皿にのせてくれた。「さあ、お茶でも飲みながらゆっくり話を聞きましょうかね。何だか、いつものメリーと少し様子が違うようだけど、どうしたの？」

「実はシスター、私、もうすぐシカゴに引っ越すことになったの」

「それは大変。マリアともせっかく、お友達になれたと言うのにいったい何があったの？

シカゴと言えば私も今シカゴから帰って来たのよ。実は私はシカゴの生まれなの。シカゴでは、私の兄が教会の牧師をやっていてね。その兄が病気で、様態が良くないという手紙をもらったものだから会いに行って来たの」

「それでどうだったのですか？」とマリアが尋ねた。

「それが、私が行くとすっかり元気を取り戻したように私が心配するぐらいに色々な話をするの。小さい時のことや両親のこと、友達のことなどそれは沢山。私が行ったことがよほどうれしかったのね。後は、神様にお願いをして帰ってきたのよ」と言ってから、「あら、ごめんなさい。私メリーがシカゴと言ったものだから、つい自分のことばかり話してしまって。それでシカゴにはどうして行くことになったの？」

「両親が離婚して、私とママでママの故郷のシカゴへ行くことになったの」

「そう、やはりそう言うことになったの」何かシスターはメリーの家の事情を知っているようだった。

「私にとっては、その方がいいの。だって、あの人のこと、パパだと思ったことなどなかったから」

　後で知ったことだが、メリーの本当のお父さんはメリーの小さい時に亡くなって、今の父親とは血のつながりがないとのこと。

「私はここのみんなと別れるのが、ちょっぴり辛いだけ」

「そうなの。誰もが出会いがあれば別れがあるもの。だけど、その寂しさを慰めてくれるのは、時間しかないのよ」しばらくして、「それで、お母さんの次の働き場所はあるの？」と聞いた。

「それはママの友達が病院で働いていて、その人の紹介でその病院で働けるらしいの」

「それは良かったわね。これから二人で生きていくにはそのことが一番ですものね。それで出発はいつなの？」

「お母さんが言うには、私が二学期から向こうの学校に行けるように早い方がいいと言うの。たぶん、五～六日中に行くかも」

「それは大変。みんなにも知らせて、お別れ会をしなければね。明日の一時ってことで、どうでしょう」

「はい、私はうれしいけれど、みんな来てくれるかしら」

「急なことだから、事情のある人は仕方がないけれど、みんな驚いて飛んで来るわよ。それじゃ、メリーは仕度もあるだろうから、お帰りなさい。お母さんによろしくね」と言って二人を送り出してくださった。

少し歩くと別々の道に出たので、「それじゃ、明日」と言って別れた。

家に着いて玄関の鍵を開けようとするとドアに鍵がかかっていない。おかしいなぁ。もしかして鍵をかけ忘れたのかなと思って入って行くと、母がソファに座って頭を抱え込んでいる。昨日、母と言い争ったことも忘れて、「ママ、どうしたの。どこか具合でも悪いの?」とマリアが母の顔を覗き込むと、やっとマリアの入って来たことに気づいたのか、青白い顔をあげて「これから話すことは、絶対に他人に話してはだめよ。今日ジョンが町はずれで不良に絡まれてね。それで持っていたナイフで相手に怪我をさせたの。悪いのは不良の方なのに、その相手が警察に駆け込んだものだから、ママも呼び出されて、今、帰って来たところよ」

「それで、相手の人の怪我はどうなったの?」

「腕を少し切った程度よ。パパが、病院へ連れて行ったわ」

「お兄さんはどうなの?」

「今日は警察に泊められるそうだけれど大丈夫。そういうことを専門にしている人にお願いしてきたから。どうせ不良の親だから私達とは話にならないと思うから。まったく、警察官ときたら、悪いのはあちらの方なのに、こちらの方ばかりを攻めるものだから、頭にくるわ。夕食は、作る気になれないから、あなた何か買って来て食べてね」

「私のことならいいわ。何か冷蔵庫にある物を食べるから。それよりママも何か食べないと」

「ママは今、何も口にしたくないから、あなたの分だけにしなさい」と言うので、冷蔵庫からジュースをコップに注いで母のテーブルに置いた。「ありがとう」と言って母は一気にそのジュースを飲んだ。マリアが冷蔵庫の中を捜すとパイ生地があったので、それとあり合わせの野菜やハム、チーズをのせてレンジにかけた。それを食べ終わり、母と一緒に父の帰りを待とうと思ったが、「マリアは自分の部屋に行ってなさい」と言うので、二階に上りかけると母がもう一度「このこと、他人に言ってはだめよ」と言った。自分の部屋に入り、ベッドの上にドンと沈み、兄のジョンのことを考えてみる。不思議なことに今のマリアの気持ちは、兄を心配するというよりは、可哀そうな兄さんと思えるのだ。以前のマリアなら兄のことを出来の良い兄さんで、自分はどこと言って取り柄のない子供だから両親も兄さんのことに一生懸命になるのもしょうがない、「まあ、いいっか」と思っていた。でも、今日の母の態度を見ていて何かどこかが違うように思う。お兄さんは両親のことどう思っているのかな。どうしてナイフなんか持っていたのかしら。そう考えているといつの間にかあの少女が、また、いつもの窓のところへ腰かけて笑っていた。

「マリア、この前一人であの国へ行って来たそうね。門番のおじさんから聞いたわ。それで感想は……」と言った。

マリアは少し考えたが、やはり、まだ、この前と同じように少女に説明の出来るような答えが出ない。「前と同じで、まだ、よくわからないの」「そう、今日はマリアを誘いに来たのだけど、どうする」と言った。

マリアは少し考えてから、「今日、色々あって今は家を空けられないの」と答えた。

「そう、どんなこと？」

「それは……」と言いかけてマリアは、母に〈誰にも言ってはダメ〉と言われたことを思い出した。

「ごめんなさい。誰にも言えないわ」

「そう、言いたくなければ言わなくてもいいわ」

「あ、そうそう話したいことがあるの。それはね。教会で知り合ったメリーという子が家の事情で引越すの」

「そう、それは寂しくなるわね。誰でも大切な人と離れるのは辛いけど、マリアがその子のことずっと好きでいて、その子のこと思っていると、また、神様がいつか会わせてくださるわ。それとは反対に自分の近くにいてもその人のことを思っていなかったら、姿は近くに居ても遠くへ行った人と同じことなのよ」と言った。

この少女はいったい誰なんだろうか。マリアが何も言わなくてもみんな知っているように思う。シスターの顔が浮かんだ。そういえば、マリアが初めてあの教会に行った日、シスターはマリアに何も聞かずにマリアを受け入れてくれた。何だかこの少女もシスターと似ているところがあるようにマリアは思えた。

「それじゃ、今日は帰るから、また、行きたくなったら呼ぶといいわ」と言って消えた。

その夜遅くにお父さんが兄を連れて帰って来た。マリアはすぐに下へ降りて行きそうになったが兄のことを思うと、いつも自信満々の兄が惨めな姿を妹に見られたくないだろうと思い寝たふりをすることにした。その夜、両親が何やら兄のことについて長い間、話し合っているようだった。

次の朝、下に降りて行ってテーブルの上を見たが何も乗っていない。母もよっぽど兄のことがショックだったのだろう。まだ起きて来る様子がない。マリアは冷蔵庫から牛乳を一本出して飲むと何だか早くこの家を抜け出したいような気持ちになって、随分早いが教会へ行きたくなってきた。支度をしてテーブルの上にメモを置いた。メモの内容は、友達と図書館に行くから心配しないように、ということにした。

教会の門を恐る恐る入って行くとシスターが庭の掃除をしていて、「まあ、マリア、おはよう。私の思いが神様に通じたのかしら。誰かお手伝いしてくれる人が早く来てくれないかしらと考えていたのよ。お願い出来るかしら」マリアは自分がシスターから頼りにされたことがとてもうれしかった。「早く来たこと、心配していたのによかったわ」と言った。

それから、庭の掃除を済ませて教会の中に入ると紙の箱が二つ置いてある。「その箱の中にはジュース、一つにはお菓子が入っているからテーブルの上に適当に置いてね。あ、そうそう、その前にテーブルクロスを掛けてお花も飾らなくてはね。私は、花瓶を持って来るから、あなた、庭のお花を摘んできてくれない。摘む前にお花に断わりを言ってね」と言って花切りばさみを渡してくれた。

庭に下りると花壇のところへ行った。マリアは花が好きな子だったが、いつもお母さんが買って来るのは切り花ばかりなので、自分で花を切ったことがなかった。何だかきれいに咲いている花を切るのは嫌だったが、今日はメリーのお別れ会。シスターの言ったように「お花さん、ごめんなさいね。少しだけ切らせてくださいね」と心で言って白、ピンク、赤のそれぞれの花を少しずつ切った。その花を教会へ持って入ると「まあ、きれい」と言いながら、シスターはマリアの手から花を受け取ると花瓶に挿した。

「こんな少しの花でも廻りをパッと明るくするから、花の力ってすごいわね」と言った。改めて花を見ると本当にそうだと思った。そこに花があるのとないのでは大違い。何故か心も優しくなる感じ。シスターってどうしてどんなことにでも優しく素晴らしい考えが出て来るのだろうか。私もシスターのような大人になることが出来るだろうか。

やっと準備ができた後、シスターが出してくれた食パンを食べているところへ一人の婦人が現れた。どうやらメリーのお母さんらしい。お別れのこととメリーがお世話になったことへのお礼を言いに来たらしい。何やらシスターとしばらく向こうで話してからマリアの方へ近づくと、「あなたがマリアさんなの。メリーに話は聞いているのだけれど、いつもあなたのこと誉めていたわ。せっかく良い友達が出来たのに、私にとっても残念だけれど仕方がないことなの。また、会うこともあると思うけれど、あの子のこと忘れないでね」と言った。マリアは、ただ、「はい」としか言えなかった。

それから少しして、一人ずつ集まり出してきた。メリーも近くのアンナと一緒に来た。旅行に行っている一人を除いて全員集まった。まずマリア様にお祈りをしてから、シスターがメリーのことをみんなに話した。メリーがこの地を離れてシカゴに行くこと。そして、この別れも神様が決められた運命。神様はこれからもずっとメリーを見ていてくださること。そして、また、会える機会をきっと作ってくださることなどをみんなに話した。

その後、メリーが、ここでみんなに会えて楽しかったこと、メリーの辛い時、シスターに優しくしてもらえたことなどを話してみんなにお礼を言った。その後みんなで、今まで色々な場面でメリーと過ごした楽しい思い出などを話して会は終わった。

最後にメリーがマリア様に今までのお礼を言ってみんなに「ありがとう」と言って帰り

かかった時、メアリーが「出発はいつなの。私、送りに行くから」と言った。みんなも後に続いて「行くよ」と言った。

「みんなの気持ちはうれしいけれど、お母さんの事情もあるし、それに私、みんなに送られると行くのが辛くなりそうだから、もうここでいいから。それにお母さんがいつかまた、ここに連れて来てくれるって約束してくれたから、また、みんなにきっと会いに来るわ。みんなシスターのことお願いね」と言った。すると、シスターが「私、みんなにお願いされたんだ」と言って笑った。「それじゃ、みんなメリーの出発を拍手で見送りましょう」と言って、みんなが拍手する中をメリーは帰って行った。

帰りはメアリーと二人で帰った。帰り道、メアリーが小さな声で「言おうか迷っていたのだけれど……」と言いかけた。「私ね、昨日、ある人からあなたのお兄さんのこと、聞いたのよ。悪いように思わないでね。それを聞いて私、お兄さんのことよりあなたのことの方が心配になって今日も来てるかなぁと思っていたの。そしたら元気そうだったので安心したわ」

その言葉を聞いてマリアが思ったことは、どんなに他人に言うなと言ってもこんなにも早くにみんなが知っていると言う事実を母はどう思っているのだろうか。それと同時にメアリーの優しさがうれしかった。

「マリア、私のことなら心配しないでね。だれにも話さないから。それにね、マリアはまだ、あそこのみんなのこと、あまり知らないでしょうけれど、みんな小さい時から色々な苦しみを乗り越えて来た人ばかりなの。だから、人のことを笑うような人などいないのよ」とメアリーに言われて、マリアは涙が出てきた。「もうすぐ二学期だから、マリア、また、学校で会いましょうね」と言って別れた。

それから兄は、ずっと家の中に引きこもる日々が始まった。食事以外は部屋の中から出てこない。その食事も不規則で母は、相当困っている様子だ。あれこれと会話を試みているようだが、取りつくしまもない感じ。やがて、新学期が始まったが、兄は部屋から出てこない。母は仕事があるので、仕方がなく食事だけを作って、なんとか職場に行っているようだが、プライドの高い母のこと、周りの目が相当気になる感じで、マリアにはまだ、「兄さんの様子、他人には言ってはだめよ」と言う。「他人がどう言うかなんて気にするより、兄さんのこと、何とかしてあげてよ」と言いたくなるが、母も辛いのだと思うと言うのをやめた。

それから、今の様子のまま、何ヶ月か過ぎたある日のこと、昼前、マリアがキッチンに入ると、兄のジョンが何やら冷蔵庫を物色している様子。

「あら、兄さんどうしたの?」と言うと、少し驚いたように振り向いたが、マリアには両親に対するような反抗的な言葉は返ってこなかった。出来の悪い妹だから安心なのか……。「私が何か作ってあげましょうか?」と言うと「お前出来るのか?」と言うから、「あら、出来るわよ。私のパスタおいしいわよ」と言って鍋にお湯を沸かし出した。出来上がったパスタを二人で食べながら、兄と二人でこんなふうに食事をしたことなどなかったので、何だかマリアはうれしかった。ジョンもまんざらではないような様子に見えた。

「それよりお前、今日はどうして家にいるんだ。今日は日曜日じゃないだろう」と言った。

「今日は学校の創立記念日でお休みなのよ」

「ねえ、兄さん、これから少し外に出てみない? 妹と二人だと恥ずかしい? 今日のお休みは私の学校だけだから兄さんの学校の人達とは会わないわ。近くの公園の池に可愛いアヒルの子供が生まれたの。一緒に見に行かない?」

そう、マリアが言うと、ジョンの心の中でも誰かが誘い出してくれるのを待っていたのか、少し考える様子を見せてから、「公園だけだぞ。すぐに帰るからな」と言った。「もちろん、私もそのつもりよ」と言った。

それから二人で支度をして外に出た。ジョンは久しぶりの外なので太陽の光が眩しそうだった。マリアに前を歩くように言ったので、そうして歩いた。池の中では、小さな赤ちゃんアヒルが三匹、お母さんの後を楽しそうに泳いでいる。二人でベンチに腰掛けて眺めた。

「アヒルはいいな。何も苦労がなくて」とため息交じりにジョンが言った。

「それは、アヒルに聞いてみないとわからないわよ。人間だって見た目は幸福そうな人でも色々な問題を抱えている人だっていると思うわ」

「へー、マリアいつの間にそんな立派なことを言えるようになったんだ。ママから聞いたんだけど、この頃、どこかの教会へ行っているらしいが、どんなところなんだ。マリアは、僕達の行っている教会には一度きりで行かなかったくせに、あそこの教会とどこか違うところでもあるのか」と尋ねた。

　今までのジョンは、マリアがどこへ行こうと何をしようと無関心と言う感じで、こんなふうに聞いて来たことなど一度もなかったから、お兄さんも今度のことでは、相当ショックを受けたのだろうなと思うとジョンのことが可哀そうになってきた。

「あそこの教会はマリア様だけなの」

「それがどうしたんだい？」

「私にはうまく説明できないけれど、私はあそこが好きなの。ママは私があそこへ行くことを反対しているのだけれど、私は誰が止めてもあの教会へは行くわ」

「ふぅーん、マリアにもそんな強いところがあったんだ」

「自分のこと強いなんて思わないけど、あそこへは行きたいの。初めて、あの教会へ行ってシスターに会った時、私が何も言わなくても私のことみんなわかっているように、優しく接してくれたの。うまく説明出来ないけれど、とても温かい感じ」

「ふぅーん、何も言わなくてもわかる……。それって魔法使いみたいだね。本当かな」

「兄さんもシスターに会ってみる？」

「そんなこと、急に言われても」と言って、少し考えてから「でも、そこには他の子供も来るんだろう」と聞いた。

「今日は、普通学校がある日だから、誰も来てないと思うわ。私が先に入って様子を見て来るから大丈夫よ」と言ってマリアが歩き出すと、ジョンも少し離れてついて来た。


教会の前まで行くと何やら聞いたことのない荒っぽい声が庭の方から聞こえて来る。恐る恐る庭を覗くと、怖そうな顔の男の人がシスターにビルがどうとか、土地がどうのというようなことを言って話している。シスターがマリアを見つけて「あら、お客さんが見えたわ。この話は終わりね」とその人に言うと「客と言っても子供じゃないか」と、その人が言った。「子供だって私にとっては大切なお客さん。あなたとは違うわ」と言うと、「チェ」と言って、その人は帰った。

「マリアが来てくれたおかげで助かったわ。何やらこの辺も騒がしくなって来てね。まぁ、中にお入り」と言ってくれたので、「実はもう一人一緒なんだけれど」と言うと「それは、それは早く連れて来てあげて」とシスターに急かされて門の外に行くとジョンが塀にもたれて下向き加減で待っていた。マリアが手招きをすると不安そうに入って来た。

「あら、マリアのボーイフレンドなの？」と聞いてきた。

「私の兄のジョンです」と紹介した。

「あら兄さんなの。そういえば似ているわね」と言った。

兄と似ているなんて人に言われたことがなかったので少しうれしいような気持ちになった。「こんにちは。ようこそジョン」とシスターが言うと兄は下向き加減で「こんにちは」と言った。教会の中に通されて、まずマリアがマリア様にお祈りをしたが、ジョンに、シスターは「祈りなさい」とは言わなかった。

「せっかく来てくれたのだから、お茶でも入れて来るから、ちょっと待っていてね」と言ってキッチンの方へ行った。ジョンはぐるっと廻りをゆっくり見廻してからマリア様の前に行きジィーとその顔を眺めている。

そこへシスターが、お茶とビスケットを持って出て来た。

「さあ、ゆっくりしましょうか」と言って椅子に腰をおろした。すると、何か考え事をしていた様子のジョンがシスターに向かって「質問していいですか？」と言った。「私に答えられることなら何でも聞いてください」とシスターが答えた。

「この教会はどうしてマリア様しかいないのですか？」

「まあ、それは、難しい質問ね。これは私が思うことで間違った考えかもしれないけれど、私は神様と言うのは、その人がその神様のことが好きと思う人のところに来てくださるのだと思うの。神様に聞いたことないからわからないけれど、神様だってあまり神様のこと好きではない人のところへは行きたくないと思うの。私は教会の中で育ったから、イエス様もいるところで育ったのよ。でも、何故か私にはマリア様の方が好きと言う気持ちがずぅーとあって、死ぬまでマリア様の近くにいたいと思うようになって、この場所へマリア様に来てもらったの。ただ、それだけのこと。神様と人間の関係ってそんなものだと私は思うの……。あなたの答えになってないかもしれないけれど、私にはこれ以上説明はできないわ。ごめんなさい」

ジィーと話を聞いていたジョンは、「それじゃ、神様は、その神様を好きだと思う人のところへだけ行って、嫌いと思う人はいくら苦しんでいても助けないのかな？」と以前の兄に戻って理屈ぽく言った。そんな兄の態度にもシスターは優しく「あなた、神様ってどこにいると思う？　私は神様は遠くにいるのではなくて、みんな自分の心の中にいるのだと思うの。自分で自分を救うことになるのだと私は考えるのだけど。ジョンはどう思う?」とシスターがジョンに聞いた。

ジョンは少し考えるような様子をして「考えてみます」と答えた。

「まあ、ジョンはすごく賢い人のようね。うれしいわ」と言って笑った。

シスターに挨拶をして外に出た。また、マリアが前を歩き、ジョンは何か考え事をしながら後をついて来た。ジョンは家に着くまで考え事をしていて、家に着くと黙って自分の部屋に入って行った。

しばらくすると、ドアをノックする音がしたので開けるとジョンが立っていた。「どうしたの?」と言うと、部屋の中を覗いて「ちょっと、入ってもいい?」と言うので、「どうぞ」と言って椅子をすすめた。しばらく廻りを見廻してから「意外ときれいにしてるんだ」と言った。何だか今日はマリアにとって夢を見ているような日に思える。今まで、兄のジョンとは一緒の家にいながら、いつも別々、こんなに話したことなど一度もなかったから、本当に夢のよう。しばらく壁の張り紙を見ていたジョンが「この宇宙の写真はどこにあったの?」と聞いた。

それは雑誌に載っていた写真を切り抜いた物だった。月の周りに無数の星達が輝いていて、きれいだと思って壁に貼って、いつも眺めてる。「本の切り抜きよ」と言うと、「マリアにこんな趣味あったんだ」と興味ありそうに言った。「兄さんは、星が好き？」と聞くと「今まで星空を眺める暇がなかったから、あまり夜空をゆっくり見たことがないけれど、あそこにはどんな世界があるのかなぁ。死ねば行けるのかな」と言った。

その時、急に机の引き出しにしまった遠い国への通行証のことを思い出した。

「どう、兄さん一緒に遠い国へ行ってみる？」

「遠い国、そんな国へマリアと二人でどうやって行けると思うんだ。お金もないし、マリアは学校もあるし」

「大丈夫、任せておいて」と言うとカードを服のポケットにしまい、兄の手を取った。その瞬間、少女と以前くぐったトンネルをすごいスピードで飛んでいた。見るとジョンが、目を白黒させてマリアに「いったい、これはどういうことなんだ？」と興奮して尋ねる。

「兄さん落ち着いて。ここは地球から遠く離れた未知の国。向こうの建物にそれぞれの入口があるでしょう。あの一つ一つが別々の国に分かれていて、それぞれの国があるの。その中のことは私にもわからないの。でも、右前方とその隣は私もう行って来たから知ってるの」

「こんなところ、誰に聞いて来たんだい？」

「それは言えないの。ある人との約束だから、兄さんにも言えないわ。私も最初はその人が連れて来てくれたのだけど、兄さんのことは入れてくれるか私があそこに行って聞いて来るから、ここで待っていてね。そうそう、その前にどこへ入るか、兄さん決めて」

「そんなこと言われても。みんな同じ形だからわからないよ。それじゃマリアがこの前入った隣にするよ」

「そう、じゃ行ってくるから」

入り口に近づきながらジョンの方を振り返ると、とても不安そうに震えているように見えた。小さな入り口に着くと、監視のおじさんがいたので兄のことを話すと「まぁ、いいっか」マリアの口癖のように言った。兄を手招きすると、急いで駆けて来た。

恐る恐る二人で中へ入った。目の前にはマリアが今住んでいる場所に似たような風景が広がっているが、何となくどこからか異臭がしてくる。全体の雰囲気も何か異様な気がする。マリアがジョンに「兄さんどうする。何だか嫌な予感がするけどこのまま行ってみる？」と言うと、ジョンも不安そうだったけれど「せっかく来れたのだから、もう少し行ってみよう」と言うので、そのまま奥の方へ歩き出した。

しばらく行くとジョンの年齢ぐらいの子供達が四十～五十人、機械の前に集まってゲームのような物をやっている。みんな無言でひたすら機械に向かっている。その中の一人の男の子にジョンが話しかけたが何も答えは返ってこなかったが、振り返ったその眼はうつろで、いったいどこを見ているのかわからない眼をしている。ほかの子供達もマリア達の方を振り返った眼は、みんな同じ眼、何だか背中がスーと寒くなっていた。

また、少し行くと老人達がウロウロとどこへ行くでもなく徘徊をしている。一人のおばあさんにマリアが声をかけたが、ニコニコ笑ってマリアを不思議そうに見ているだけ、何も答えは返ってこない。道端では中年の大人達が寝転がって、誰と会話する訳でもなくゴロゴロしている。向こうの方では沢山の人達が集まって、お互いに怒鳴り合って言い争いをしている。そこには近づかないで奥の方へ行こうとした時、向こうの方から一人の男性が凶器のような物を右手にかざして、こちらの方へ走ってくる。恐さのあまり、マリアは動けなくなったが、その時ジョンがマリアの手を取ると入り口の方へ駆けだした。やっと入り口へ着くと、入口は開いていたので、急いで外に出た。外に出ても、まだ、追っかけてきそうな気がして、慌てて元の位置まで駆け出した。元の位置まで来ると一瞬にしてマリアの部屋に二人共、移動していた。

少しの間、ポカンとしていたジョンが口を開いた。

「いったいあの世界はどこだったのか？　何故かこのニューヨークに似ているようだったけれど、もしかするとあの世界はこのニューヨークの将来の姿かもしれない」と独り言のようにつぶやいた。

「それにしてもマリアってすごい子だったんだ」

「そんなことないわ。お兄さんこそすごいわ。私、お兄さんが居なかったら、あれからどうなっていたか……。お兄さんと二人で良かった。助かったわ。ありがとう」と言うと、ジョンが照れくさそうに笑った。


次の日、マリアが学校から帰るのを待ちかねたように、ジョンがマリアのところへやって来た。

「あの教会のことなんだけれど、今度、みんなで集まる日はいつなの？」と聞いて来た。

「シスターが言うには、みんないろいろな事情があるから、はっきりとは決めていないらしいのだけれど、だいたい日曜日の一時頃から自然に集まるようになったみたい」と言うと、「マリア、今度行くの？」と言うから「みんなにも会いたいから行くつもり。兄さんも行ってみる？」と言うと、ジョンはその言葉を待っていたようにほほ笑んでコクリと頭を下げた。

日曜日、昼食を済ますとマリアは少し早めに一人家を出た。これはジョンの考えで、二人一緒に家を出て行く姿を母親に見られたくないので、マリアが先に家を出て、自分は少し遅れて、こっそり家を出る計画だ。約束の公園で待っていると、ジョンが急ぎ足で近づいてきた。また、この前の時のようにマリアが少し前を歩いて教会の方へ向かった。教会に近づくとジョンがマリアに近づいて来て「あそこに集まる子供達ってどんな子」と聞いて来た。ジョンにとっては、その子達が自分のことをどう思うか心配らしい。

「私には、一人一人の色々な事情はよく知らないけれど、メアリーが言うにはみんな、色々なことがあって苦しんでいる時、自然にあの教会に来るようになったらしいの。私も何だかマリア様が呼んでくれたような気がして、あそこへは行きたいの」と言っている間に教会の前まで来た。ジョンは何だか入りにくそうにしていたが、「大丈夫よ。みんな兄さんが気にするほど、兄さんのこと気にしないと思うわ」と言うマリアの言葉に勇気をもらったようにジョンがついて来た。

教会の中に入ると、もうほとんどの子供達は来ていた。ジョンも後ろから教会の中へ入って周りを見廻している目が一瞬曇った。そこにいたのは同じクラスのボブだった。ボブはお母さんが白人、お父さんが黒人系のハーフだった。ボブはジョンの顔を見るとうれしそうに、自分の隣に来るように右手を挙げて手招きをした。ジョンは少し困った様子を見せたが、仕方なくボブの隣へ行った。マリアは少し後ろのメアリーの隣の席に座った。ジョンの方を見ると何やらボブがジョンに上機嫌の様子で話しかけている。ジョンの顔から笑顔が出てきたのを見てマリアは少しホッとした。やがてミサが始まり、みんなでマリア様にお祈りした。それからは、この一週間の出来事やシスターへの質問などを話して終わった。

その後ビスケットと少しのミルクが出された。後でわかったことだが、このビスケットはシスターの手作りで、いつも私達のためにあのキッチンで焼いていてくれるそうだ。それで、何だかお店で買うビスケットとは形も味も少し違ってどこかマリアが今まで味わったことがないホッとする味だと、最初に御馳走になった時から思っていたが、メアリーに聞くまでは知らなかった。母親が忙しいマリアには、家庭の味と言うような物には無関係で育ったが、これが家庭の味なのかと、後で気づいた。

帰り際ジョンは「ボブと一緒に帰る」と言うので、マリアはメアリーと帰ることにした。帰り道メアリーが「あなたの兄さんのこと、私もっと生意気な感じの人かと思っていたけれど、明るそうな人じゃないの。マリアに似ているわ」と言ってくれた。また、兄に似ていると言われたことがうれしかった。

次の朝、マリアがキッチンに入るとジョンがもう食事をしている。「やあ、マリア遅いぞ」とニコニコしている。「兄さんどうしたの？」と言うと、「昨日ボブと約束したから、今日から学校へ行くよ」と言った。それを聞いた母はきょとんしたような顔をしていたが、急に泣き出した。

それを見て「学校へ行くのは誰のためでもない。自分が決めて行くのだからね。ママは余計なこと、学校には言わないでよ」と言って、以前のように家を出て行った。すると母が、「ねえ、マリアいったいジョンに何があったの。あなた何か知ってるみたいね。今まであんなに楽しそうなジョンの姿見たことがないわ」と言った。

マリアはママには言いたくないけれど、「きっと、教会のマリア様のおかげだと思うわ」と言った。

「教会って、マリアが行っているあの教会のこと?」と聞いてきたが、マリアは、それには何も答えなかった。

その日からジョンは、本当の明るさを取り戻した。取り戻すと言うより洗濯仕立てのシャツのような感じでマリアの目には輝いて見えた。こんなに兄さんを変えることの出来る方、それはマリア様の力だわと一人で考えていると、また、知らない間にあの少女が、窓にいつものように座ってニコニコしていた。

「こんにちは、マリア。あなた、この前、兄さんと一緒にあの国へ行ったそうね」

「ごめんなさい。私、あの時、兄さんをどうしてもここと違うところへ連れて行ってあげたいと思ったの。でも、あそこから帰って来れたのは兄さんが居てくれたからだと感謝しているわ。だから、もし罰があるなら私が受けるわ」

「そう、あなたは、どんな罰でも神様の罰なら受けられるの？」

「どんな罰と言われてもあまり重い罰は困るけど」と言うと少女は、

「マリアは正直な子ね。大丈夫。神様は罰を与えないわ。だってマリアは、ちゃんと謝ったもの。どんなに悪いことでも良いことでも神様は見ているから隠すことは出来ないわ。悪いことをしたと思った時は、神様に心から謝れば神様はきっと許してくれるものよ。この前、怖かったから、もうあそこには行きたくない？　行きたいのなら今日は私が付いて行ってあげるけど」と言ったので、少女を信用して行くことにした。また、いつものトンネルをくぐりその場所に着いた。

「今日入る場所は、私が決めてもいい？」と少女はマリアに言った。マリアはコクリと頭を下げた。「それじゃ」と言って、この前ジョンと入った隣を一つ飛ばして、その隣の入り口の方にマリアを連れて行った。

一歩中に入ると、そこは光の国だった。

金色の光であまり前がよく見えない。それでも少し時間が経つとだんだんと中の様子が見えるようになってきた。目の前には、高い高い階段があって、その最上階には一段と強い光を放つ物体がいて、階段の下の方には、それぞれの色の光に包まれた人達が、グループに分かれて何やらやっている。十人位の子供達のグループに近づくときれいな声で、マリアが聞いたことのないメロディーの歌が聞こえてきた。その響きの何とやさしいことと言ったら、天国に行ったことはないが、まるで天国へ来たようだと、マリアは思った。

すると、一人の少女が「あなたはマリアね。どう、あなたも一緒に唄う?」と言った。「どうして、私の名前を知ってるの?」と聞くと「あなたは私達と同じハートを持っているから、あなたのこと何でもわかるのよ」と言った。「え、私があなたと同じハート?」と聞くと、「そうよ。だからあなたも自分に自信を持ってね」と言われて、何だかマリアはすごくうれしくなった。

そのグループに手を振って別れてから少し行くと、杖をついた白髪の老女が近づいて来た。「あら、マリア来たのね」と言ってきた。この人も私の名前知っているんだ。どうしてここの人達はみんな私の名前を知っているんだろうか。このおばあさんも私と同じハートなのだろうかと思っていると、おばあさんがニコニコした顔をした。

「そうよ、マリア。ここの人達はみんな神様の魂を持った人達の国なのよ。だからマリアが口に出して言わなくても、相手の思っていることはみんなわかるのよ」

「それじゃ、私も神様の仲間になれるの?」と聞いてみた。

「マリアは初めから神様の心を持っているから今のままでいいのよ。あなたが自分で思うとおりに生きていれば、それで神様と生きているのと同じことなのよ」と言った。

その時、フッと階段の上のひときわ輝く光の方から視線を感じて、その方向を見上げた。あの上には、誰が居るのだろうか行ってみたいが、あんなに高いところにはとても登れそうにないわと思いながら、一歩階段に足を掛けてみた。その時だった。最上階の光の玉が静かにマリアの方へ降りて来だしたのだった。不思議なことに、そんなに輝く光なのにマリアの目にははしっかり見ることが出来た。その人がマリアの方へ近づくにつれて、白い髭をはやし、白いマントのような物を着て、手には長い杖を持っている老人の姿が見えてきた。マリアの近くまで来た時、マリアの足元が一面光の海のように輝いた。やがて、老人が口を開いたその声は、辺りに響き渡るような声だった。

「マリア、この国へよく来たね。私はお前がこの国へ来るのをずっと待っていたんだよ。その理由は、私の願いをマリアに叶えてもらいたいからなのだ」その言葉を聞いたマリアは、慌てて首を横に振った。「どんなことかわからないけれど、私には何も取り柄なんてないし、そんなに良い子でもないし、とても神様の願いなんて、どんなに考えても私には無理だわ」と言うと、「取り柄がない……？」と少し間をおいて、「その人の取り柄って言うのはいったい誰がどうやって決めたのかね。マリアが自分に取り柄がないと言うのは、他の人と自分を比べるからそう思うだけで、マリアは素晴らしい神の心を持っている。その心を使えば、どんなことでも恐れない、どんな人の心も変えられる大きな力が生まれるかもしれない。それ以上に何の取り柄が必要かね」と老人は言った。

自分の心を褒められてマリアの中にフゥと母の顔が浮かんだ。そういえば、私は今まであまり母が自分を生んでくれたことに対して、感謝の気持ちになったことはない。何でも良く出来る兄に比べて、別に自分には何も取り柄はないのだし、母のことは恨みもない代わり、生んでくれたことへの感謝も起こらなかった。それが今、自分の心を褒められて初めて生んでくれた母に感謝する気持ちになれた。すると老人はマリアを見てにっこりほほ笑んだ。この老人は何でも他の人が考えていることがみんなわかるのかも……」と思うと
「それで、私はこれから、どんなことをすればいいのですか?」と自然に口から出ていた。

「そうか、どうやら決心をしてくれたようだね。それなら、これから私の願いを叶えてくれるためのパワーをマリアに授けよう」と言って、持っていた杖で、マリアの胸のところを少しついた。その瞬間、射すような強い光がマリアの胸の中に吸い込まれて行った。

「これから、私は何をすればいいの?」と、マリアが聞いた。

すると老人は、「マリアは、ニューヨークに戻って、これから起こる様々なことを自分の考えで乗り越えて行けばいいのだよ」と答えた。

「そうするだけで、神様のお手伝いが出来るの?」

「そうだ。その代り、自分の本当の考えで人生を生きていくことだよ。それを守れば私の

願いも叶えることになるんだから」と言って、スーっと消えた。気がつくと、少女が傍に来ていた。

「どうやら、いいことがあったようね。帰りましょうか？」と言いかけて、「あっ、そうだわ。私、用事を思い出したから一緒には帰れないわ。あなた一人で帰ってくれる？」と言うので一人入口の方へ行くと、自然にドアが開いた。


それから、何週間か経ったある日の夕方、ドアをノックする音がしたので開けると、ジョンが元気なさそうに立っている。

「どうしたの。何か心配事でも出来たの？」と言うと静かに中に入って来て、「実はボブが学校に来てないんだ」と言うので、「それは、病気か何かじゃないの？」と言うと、「別の子に聞いたんだけど、家にも居ないらしい」

「まあ、それって家出？」

「昨日も学校から家に帰ってないらしんだ」

「兄さん、ボブからは何も聞いてないの？」

「その子の話では、ボブのお父さんは不動産屋をしていて、今の教会の近くの土地を買い占めているらしい。どうも、そのこととボブの家出と関係あると思うんだ」

「そういえば、この前、教会へ来た時のボブの様子暗かったわね。このこと、シスターは知ってるのかしら。兄さんこれから教会へ行ってみる？　もしかすると、ボブも来てるかもしれないし……」

二人で教会へ行くことにした。急ぎ足で教会の前に来ると、一人の男性が二人を追い越し大股で教会の方へ入って行った。荒々しくチャイムを押すと、中からシスターが「どなた？」と顔を出した。すると男性は行き成り「ボブが昨夜から帰っていないんだが、ここへ来てないかね」と言うので、シスターが「それは大変。いったいどうしたの？」と尋ねた。すると、「それは、こちらで聞きたいね。まさかここへボブを隠して居るんじゃないだろうね」と言うので、「こんな小さな屋敷、隠してもすぐに見つかるわ。捜すならどうぞ、捜してくださいな」と言って、教会の扉を開けた。男性は中をくるりと見廻してから急いで帰って行った。何だか怖そうな人のようだったが、相当、慌てているように見えた。あれがボブのお父さんだということはすぐにわかった。二人を見るとシスターも慌てるように近づいて来て、「今の話聞いたと思うけどボブのことが心配だわ」と、言った。

「実は僕達がここへ来たのも、もしかしてボブがここへ来ているかもしれないと思って来たのです。いったい僕達は、どうすればいいのですか？」

「大丈夫。ボブは色んな苦労を乗り越えて来た強い子供だから、きっと、無茶はしないと思うわ。ボブのためにマリア様にこれからお祈りしましょう。きっとマリア様は、ボブを守ってくださるわ」と言って、三人でマリア様に祈った。

家の近くまで来ると、暗くなりかけた塀にもたれた人影が見えた。「兄さん、あそこに誰か居るわよ」とマリアが言うと、ジョンがそこへ駆け出した。それはボブだった。ジョンはボブを抱きしめた。運よく、家にはまだ両親は帰っていない様子だったので、ボブの靴を持って、二階のジョンの部屋へ連れて行った。

マリアは下で、ジュースを注ぐとジョンの部屋へ運んだ。ボブは少しずつ、昨日のことを話し出し、昨日の夜は公園の遊具の下で眠ったらしいが、今晩だけ、ここへ泊めてほしいとジョンに頼んだ。以前のジョンなら、すぐ家に帰るように言ってたと思うが、今のジョンはマリアから見ていても随分成長したように思う。

「まあ、今夜のことは僕に任せて、また、明日からのことは一緒に考えようよ。それより、お腹すいていない？」

「家を出る時に少しのお金を持って出たので、それで食べ物を買ったから」と言った。

「それにしても、ボブは勇気があるね。僕なんか家の中に閉じこもって外に出る勇気がなかった。あの時、学校へ行けたのもボブのおかげなんだもの」とジョンが言うと、何だかボブも気がほぐれてきたのか、にっこりして、「僕なんか、そんなに勇気ないよ。本当は弱虫さ」と言った。それからは、二人だけにしてマリアは自分の部屋に入った。

夕食の時、どうやら両親をごまかして、食事をそのままジョンの部屋へ運んだようだった。

次の朝、小さくノックする音で目を覚ますと、ジョンが小さな声で「自分は今日、何とか言い訳を見つけて学校を休むから。マリアはそのまま学校へ行くように」と言った。「あれからボブと色々話してみて、だいぶ落ち着いたみたいだから心配しないで、任せておいて」と言った。何だか、ジョンが頼もしく見えた。

その日ジョンは母親に体調が悪いと言って、学校を休んだ。両親が出かけた後、ボブを下のキッチンに連れて行き、冷蔵庫を物色して二人で食べた。

昨夜、夜遅くまで二人でいろんな話をした。ボブのことはよく知らなかったが、ボブの小さい頃、両親は離婚してボブは父親の方に引き取られたこと、今の母はボブが五歳の時、父と結婚したこと、異母兄弟の弟と妹がいること、母は別段、厳しくもなく優しくもなく普通のようだが、父の方はボブには厳しいらしく、早くに母と別れたボブにとっては、悲しいと言うよりは寂しく感じるようだ。そこへ教会の土地の買い取りの話を父が進めていることを聞いた。ボブは、父のことがどうしても許せなくなった。それで誰にも相談する人がいないので、このような行動に出たようだ。

シスターが言ってたけれど、あそこに来る子はみんな大変なハードルを越えて来た子供達なのだ。ボブの明るさは、そのハードルを乗り越えた明るさだったのだとジョンは思った。

ジョンの考えで「これからのことは、二人で考えても子供の僕達だけでは解決出来ないから、取りあえず、教会のシスターのところへ行ってみよう」と言った。教会へ行くことに、ボブは少したためらったが、このまま、ここに置いてもらうことも出来ないし、ジョンに任せることにした。門を入ると庭掃除をしていたシスターが、二人を見つけて駆け寄って来た。ボブに近づくとボブをしっかり抱きしめた。

「ボブ、良くここへ来てくれたわね。うれしいわ」と言うと教会の中へ二人を招き入れ、マリア様にお祈りした。ボブは昨日からのことを話し出した。聞き終わるとシスターはボブに、

「よく話してくれたわね。でもボブの心配してくれる、この教会のことは、ボブには何の関係もないことなのよ。あなたも大きくなればわかるけれど、この世の中を生きていくためには色々なことが沢山起こってくるのよ。今度のことは大人だけの問題で、それがボブのお父さんだからってことではないの。だから、ボブはそんなこと考えなくてもいいのよ」

と言った。

「だけど、僕は、お父さんを許せない」

「それじゃ、ボブあなたが、お父さんを許せないからって、何が出来るの？」

「それは、何も出来ないけど許せない」

「許せないのは誰のため」

「うーん、教会のため」

「その教会の持ち主の私が許さないとは言ってないでしょう。私がマリア様なら、教会がなくなることより、ボブがお父さんを恨むことの方を悲しむと思うわ」と言うとボブは声に出して泣き出した。

　シスターが、ボブの許しを取ってからお父さんにボブがここに来ていることを伝えた。少し経つと、ボブのお父さんが足早に教会の中に駆け込んで来た。その様子を見たジョンは、ボブがお父さんに何かされるのではないかと、少し脅えたが、お父さんはボブに駆け寄ると、ボブを大きな手で強く抱きしめていた。目には涙を浮かべている。そして、「心配かけやがって」と言った。ボブも泣いている。お父さんは、シスターの方を向いて頭を下げて、ジョンにも「ありがとう」と言った。二人が帰るのを見送ってから、シスターがジョンに声をかけた。

「ジョン、ありがとう。ボブはあなたのおかげで救われたのよ」

「それなら僕もボブに救われた」

「そうよ。人を救うことは、助けることではないの。人の心を優しくすることなのよ」と言った。

ジョンはこの教会に来るようになってから、学校でも家でも教えてもらえないことを沢山教わったように思う。それからのボブは、前以上に明るいボブになっていた。
二、三日経った夜のこと、マリアの部屋をトントンとノックする音がする。開けて見ると母のスミスが立っていた。「ちょっといい」と、部屋に入って来た。それから「ちょっと、聞きたいのだけれど」と言う。以前母と教会のことで言い争ったことを思い出し、黙っていた。すると「ママ、あの教会のシスターにお会いしたいのだけれど。いつ行けば、会えるかしら」と尋ねた。マリアは、少し考えてから「私達の行く日は日曜日だから、普段のシスターの行動はわからないけれど、大抵の日は、教会にいると思うわ。どうして？」と聞くと、「あなた方が、お世話になっていることのお礼をいいたいの」と言う母の言葉にマリアは少しほっとした。

次の土曜日、母のスミスは教会の前に立っていた。中に入ろうとすると、入口の戸を閉めて、鍵をかけているシスターが見えた。スミスは近づき、自分はジョンとマリアの母親だと言うこと、ジョンがここへ来るようになってからすっかり変わったことなどのお礼を言った。

「まあ、あなたが二人のお母さんなの。お目にかかれてうれしいわ。でもね。ジョンはここに来て変わった訳じゃないのよ。元々ジョンは、良い子なの。少しの間、心がよそへ遊びに行っていただけのこと、お母さんはそう思わない？」と聞かれて、すぐには返事が出来ずに、ただ「ありがとうございます」としか言えなかった。

するとシスターが「お母さんとは、もっとお話しをしたいけれど、私にはこれから友人がやっているホスピスへ行く約束があるの」と優しく言った。

すると、「もし、お邪魔でなかったら、私もそこへ、ご一緒してはいけないでしょうか」とスミスが言った。言っておいてスミスも自分の口から出た言葉に少し驚いた。シスターは少し時間を置いてから、「そうね。あそこへ来ている患者さん達は、みんな最後の安らぎを求めて来ている人達ばかりだから、そんな人達のところへは、こちらから土足で入ってはいけないのよ。この私も自分の意志で、あそこへ行くのではないのよ。あの人達の求めに応じて、こんな私でもあの人達の癒しになればと思って出かけるだけ。まあ、そんなに遠くないから、一緒に行ってみてお母さんのこと、友人に話してみるわ。それで、だめなら悪いけど帰って頂かなければならないけど、それでいいかしら」そう言われるとスミスはますます、シスターの行動を知りたい気持ちになった。これはスミスの興味からではなくて、シスターはどこか人を引きつけて止まない雰囲気を漂わせている人だった。

「あちらの方で拒否されれば、私はすぐにお暇いたします」と言ってシスターの後に従った。

そこは郊外の少し小高い丘の上に建っているホスピスだった。町を少し離れた場所にこんなに静かなところがあったんだ。とスミスは思った。いつも忙しくて、自分はいかに近くだけを見て生活しているのだろうかと、気がついた。シスターが先に玄関まで行くと、すぐに中から中年の婦人が出て来て、シスターの手を握った。

それから、三日前に亡くなった患者さんからのシスターへの感謝の気持ちを言葉で伝えた。やっと、後ろのスミスに気がついたその人は、シスターに尋ねた。シスターはスミスのことを説明した後で、こちらがスミスを拒否するなら帰って頂く約束で来たことを伝えた。その友人は少し考えて、「個人個人には、その人の考えがあるから、会ってはもらえないけれども、後でホールの方で、少し元気な人達の集まりがあるから、その様子を後ろの方で見てもらってもいい」との返事だったので、そうさせてもらうことになって、中に入れてもらった。

その中は、病院の感じではなくて、普通の家庭を大きくしたような造りだった。廻りは静かだが、時折、笑い声も聞こえて来る。スミスは、玄関近くの椅子で少し待つように言われていたので待っていると、さっきの婦人が「どうぞ」と言って、スミスをホールに案内した。そこには、七～八人の男女が輪になって腰かけている。その中にシスターの顔も見える。やがて、シスターが静かに口を開いた。

「きょう、皆さんのお招きによって、また、こちらへ来られたことを感謝いたします。少し前に、ケントさんの死を知り、今はとても悲しい気持ちでいっぱいです。他人はよく私に、神の使いのシスターが何で神に召された人の死をそんなに悲しむのかと聞きます。皆さんの中にもきっと、そう思っている方もいると思うのです。私の考えでは、私達はみんな人間なのです。一人一人には、みんな感情というものがあります。悲しい時は悲しみ、楽しい時は楽しむ。それが感情だと思うのです。ケントさんの死も私は素直に悲しみ、そして、その後はケントさんとの良い思い出を大切にしたいと思います。私は、神様と出会って、聞いたわけではありませんが、人間である私達には、そう思うことは神様もお許しになると思います」と言うと、みんな自然にシスターに手を合わせていた。後ろで聞いていたスミスの目にも涙が浮かんだ。それから、今度はみんなの話をシスターが聞いて、その場は終わった。

スミスは、婦人に礼を言って、一人でホスピスを後にした。シスターは、あの後、個室を出ることの出来ない患者さんのところへ行くのだろうと想像したので、シスターには、よろしくと伝えた。

それからのスミスは、一人で考え事をすることが多くなった。

ある日、ジョンがマリアに「この頃、ママ少し様子が変だと思わないか。何でもパパァっとやってしまうママが、何だかスローになって何か考え事をしているように思うけど、そう思わないか」と聞いた。

そう言われれば、あまりスミスの行動を、気をつけて見ていないマリアも母の変化には少し気がついていた。「そうね、そういえば、少し以前のママとは違うように思えるわね」と少し考えてから、「そういえば、この前、教会のこととシスターのこと私に聞いて来たわ」と言うと、「まさか、ママがシスターに僕達のこと、苦情を言いに行ったんではないだろうね」と言うので、「私がどうして行くのと聞くと、私達のことのお礼を言いに行くと言っていたわ。教会で何かあったのかな?」ジョンは母のことよりも、シスターのことが心配だった。「兄さん大丈夫よ。シスターのことですもの、ボブの時のように、きっとお母さんにも大人の対応をしてくれたと思うから」

「そうだな、まあ、いいっか」とマリアのいつもの口癖をジョンが言ったので、思わず笑った。

次の日曜日、マリアが教会から帰り、二階の自分の部屋に入りかけると、スミスが後からついて来た。「ママ、何か用?」と言うと部屋の中へ入って来た。母に椅子をすすめて、自分はベッドに腰かけた。すると、以前の母とは違った様子で話し出した。教会へ行ってシスターに会ったこと、シスターについてホスピスに行ったこと、そこで聞いたシスターの話に感銘を受けたこと、そして自分の生い立ちを話し出した。

スミスの母親は、スミスを産むとしばらくして亡くなったそうで、母方の祖父母に育てられたそうだ。マリアが生まれた時には、その祖父母も亡くなっていたので、今、母にそのことを聞くまでマリアは知らなかった。そんな環境で育ったスミスは、いつの間にか自分の弱さを人には見せない、何事にも負けず嫌いの性格になっていた。それが自分だし、この世を生きる上にも良いことだと思っていた。そんなスミスが、この前シスターの話を聞いて、目からウロコが落ちたような気持ちになった。そう考えると今までのジョンやマリア、それにスミスが教えている生徒達に今までの自分のこと、謝りたいと考えるようになった。

「それでママ、近頃、様子が変だったのね。ジョンが心配していたわよ。でも、ママの話をシスターが聞いたら、こう答えると思うわ。ママは自分のこと、反省して色々考えたでしょう。そう言う姿を神様はきっと見ていてくれて、『もういいよ』と言ってくれると思うわ。だから、ママは誰にも謝らなくても、これから自分の考えたように生きればいいと思うわ」とマリアが言うと、スミスは声に出して泣き出した。こんな母の姿を見るのは初めてだった。

泣きやんでから、「あなたって、こんなに素晴らしい心を持った子供だったのね。私、もう少しでこんな綺麗な宝物を見過ごすところだったわ」と言って笑った。

それから、壁に貼ってある宇宙の写真に目をやった。「この写真、綺麗ね。マリアは、宇宙が好きなの……。そういえば、私近頃ゆっくり夜空を見上げることなかったわ。今度、マリアと二人でどこか旅してみたいわね」と言った。「ママ、二人で行ってみる?」と、いきなりマリアが言うものだから、スミスは慌てて、「それは行きたいけれど、先に計画を立てないとね」と言った。すると、マリアは机の引き出しから、遠い国への通行証を取り出し、スミスの手を握った。その瞬間、また、トンネルを駆け抜けた。

いつもの広場に着くと、スミスは目を白黒させながら、マリアに尋ねた。「いったい、ここはどこなの。ママは恐いわ。あなたは平気なの?」と尋ねた。「大丈夫、ここの世界には、神様がいて私達を守ってくださるから」と言うと、スミスは少し落ち着いてきたようだ。

ここで母を一人にして、入口の番人のところへ交渉に行くのは、ちょっと心配だったので、一緒に入口の方へ近づいて行った。それから、入口で母のことを話した。場所は、この前少女と来た時の左隣に決めた。入口のおじさんは、マリアの話を聞いてから、「せっかく来たのだから、まぁ、いいっか」と言って、入口を開けかけて、「ここまで来られたと言うことは、もう神様の許可を半分もらったことだからね」と、独り言のようにつぶやいた。それから、母の手を取って中に入った。

そこは、一面のお花畑だった。様々な色の花が咲き、太陽の光を受けて、輝いている。「まぁ、きれい」とスミスが感激の声をあげた。よく見ると、花畑の中に一筋の細い道が、奥の方まで続いている。その道を二人で少し歩いたところに、一人の女性がロッキングチェアーに座って、何やら手芸をしている様子が見えてきた。近づくと、その女性は優しそうな顔をして、ジィーと二人を見つめた。やがて、スミスの方を見て、「スミス、よく来てくれたわね。会いたかったわ」と言って目に涙を浮かべた。それから、マリアを見て、「マリアも随分大きくなったわね。会えて、うれしいわ」と言った。その顔をよく見ると何だか母の顔にそっくりだった。「もしかして、私のお母さん？　お母さんね」とスミスが聞くと、その女性は、椅子から立ち上がって、スミスを抱きしめた。スミスは、まるで小さな子供に返ったように、その人の胸に顔を埋めて泣いた。やがて、マリアにもこの女性が早くに亡くなった祖母だということがわかった。

やがて、祖母は静かな口調で「スミス、私が早くにあなたを置いて来てしまったことを許してね。あの時、私はどれだけ神様を恨んだか、知れない。でもね、あなたが生まれて、少し経った頃、あなたが原因のわからない病気になってね。どこの病院へ行っても治療法が見つからなくて、途方に暮れていたの。その時、夢にマリア様が出てきたので、「どうか私の命に代えてでもスミスをお助けください」とマリア様にお祈りしたの。それから、すぐにスミスの病気は、見る見る良くなっていったの。それなのに私、あの夢のことなど、すっかり忘れていて、自分の幸福に酔いしれていたのよ。それから間もなく、病魔が私を襲ってきて神様が私を迎えに来たのよ。私は、ここへ来てから、神様に尋ねたわ。「どうして、私は何も悪いことをしていないのに大切な子供を残して、ここへ来なければならなかったのですか？」すると神様は答えたわ。「自分は悪いことをしていないと言うが、神に嘘をついたではないか。お前は、神に自分の命に代えてでも子供を助けてほしいと祈ったであろう。神は、願いを叶えただけのことだ」それから、私は自分を恥じたわ。だって、私の代わりに大切なスミスの命が救われたのですもの。そのスミスがこんなに可愛い子供達を産んでくれて、今は、とてもうれしいわ」と言ってほほ笑んだ。

兄さんのことも、おばあさんは知っているんだ、とマリアは思った。それに神様というのは何でも私達が思っていることまでわかってしまうのだと心で思った。

「ここは、あなた達が長く居るところではないわ。早く、お帰りなさい」と祖母が言った。

スミスは、心残りの様子だったが、マリアに急かされて、その場を離れることにした。二人の姿が小さくなるまで、祖母は手を振って見送ってくれた。

家に帰ってから「ねぇ、マリア。私達が二人であの世界へ行ったこと、ジョンが知ったら怒らないかしらね」と言った。今まで、スミスにとっては、マリアとスミスだけの秘密と言うパターンは考えられないことだった。「兄さんのことなら大丈夫よ。この前、二人であの国へ行って来たもの。国は、別の国だけれど」とマリアが言うと、スミスは少し安心したようだった。

それからのスミスは、以前のぎすぎすした感じが取れて、時には鼻唄も聞こえて来るようになった。不思議なことに母が変われば、何だか父のハリーの様子も変わってきた。いつも、仕事のことだけしか考えないような父が、ある日の食事中、「今度の冬休み、みんなでどこかへ旅行へ行かないか。お前達がよければ、ママに計画を立ててもらおう」と言いだした。ジョンとマリアは思わず、顔を見合わせた。

次の日曜日、予定の時間より少し早く、マリアは教会へ向かった。それは、母からシスターへのお礼の手紙を届けるためだった。

門に入りかけると何やら男の人が、木の手入れをしている様子が見えるが、仕事をしているようには見えない。楽しそうな感じがする。よく見るとボブのお父さんのトムだった。あれから、教会のことは気になっていたが、シスターが何も話さないので、マリア達は心配しないようにしていたが、どうやら、ボブのお父さんとシスターの話がついたようだった。ボブのお父さんとの間で、どういう会話があったのかは、わからないが、後から聞いた話によると、トムの方から教会の近くの事業の取りやめを告げたらしい。それから、トムは度々この教会を訪れては、色々シスターの手に余るような仕事の手伝いをしているようだった。

マリアが近くを通りかかり、「こんにちは」と言うと「こんにちは。お嬢ちゃん。ミサの後においしい物を用意してあるからね」とニコニコして言った。

ミサの後、ケーキとジュースが振る舞われた。さっき、ボブのお父さんが言っていたのは、このケーキのことだったんだと思った。シスターは、このケーキを誰に頂いたのかは言わなかった。「ただ、ある人」とだけ言った。これがシスターの優しさなのだ。

それから間もなくマリアが教会に行き出して、二回目のバザーの日が来た。この前スミスに、その話をすると、色々な品物を用意してくれた。そして当日、マリアについて来たのである。「まぁ、いいっか」と母と一緒に教会へ向った。教会には、ボブのお父さんの姿も見える。何やら、植木のような物が門の外の方まで並んでいる。門もにぎやかに飾っていて、まるで、パーティー会場のようだ。マリアの机の前の商品はメアリーと二人で受け持つことになっていた。母のスミスもいつの間にか、別のお母さん達と楽しそうに手伝いをしているのが見える。ジョンとボブはお父さんの手伝いをしている。

やがて、開始の時間が迫ってもメアリーが姿を現さない。「メアリー、いったいどうしたのかしら。途中で事故にでもあったのかしら」と心配した。

だが、時間が来て、お客さんが入り出し、狭い敷地は人でいっぱいになった。この前と違っていたところは、トムの誘いで来た男性の姿もあったことだった。スミスが一人で忙しそうにしているマリアを見つけて、応援に来てくれた。この前以上に商品はよく売れて、バザーは無事済んだ。バザーが終わるのを待ちかねて、マリアはシスターの傍へ駆け寄った。「シスター、メアリーが来なかったのだけど、何か知っている?」と慌てて言うと、「実は、さっきメアリーから連絡があって、お母さんが救急車で病院へ運ばれたらしいの。私もすぐに行ってあげたいけれど、ここのことがあるから、困っているの」と言った。「私これから行ってみるわ。どこの病院かしら」と言うと、シスターがメモを渡してくれて、「私も後から行くから」と言った。そのことをスミスに言うと、「ママも病院へついて行く」と言って、病院へ来てくれた。

受付で病室の番号を聞き、行ってみると入口には面会謝絶の札がかかっていた。小さくノックすると、中からメアリーが顔を覗かせた。マリアの顔を見て涙を浮かべた。そして、スミスの方を見て頭を下げた。マリア達三人は病室の近くの椅子に腰を下ろし、メアリーのお母さんの容態を聞いた。メアリーはお母さんと二人暮らしらしいこと、メアリーを育てるためにお母さんはビルの掃除に出て、その仕事が終わるとスーパーの雑用の仕事もして、相当今まで無理をしているらしかった。

今日、家の中で倒れてから、それからずっと意識がないらしい。すると、スミスの口から信じられないような言葉が出た。

「メアリーあなたは、病院の費用のこととか、手続きのことなど何も考えなくてもいいからね。おばさんに任せなさい。あなたは今、お母さんのことだけ考えていればいいからね」と言うと、メアリーに色々細かいことを聞いてメモに写すと、事務所の方へ向った。そんな母を見てマリアは、スミスを頼もしく思えた。

そこへシスターが駆け付けた。「メアリー、遅くなってごめんなさい。それでお母さんの容態は」と急いで聞いた。すると、さっきスミスがメアリーに言ったことと同じことをシスターも口にした。スミスが今、その手続きに事務所に行ったことを伝えると、シスターは、「まぁ、あなたのお母さんが。さすがマリアのお母さんね。感謝するわ」と言った。今晩は取りあえず、シスターがメアリーの傍に居てくれるとのことだったので、マリアとスミスは家に帰ることにした。

帰り道、さっきの母の行動がすごく頼もしく見えたことを話すと、「人は誰でも自分を頼ってくれる人がいれば、頑張れるのよ」と笑って言った。

それから、一週間後、メアリーの母は目を覚ますことなく旅立った。あまりにも、あっけない死だった。そんな悲しみの中メアリーは、気丈に振る舞った。やがて、葬儀の後、メアリーは参列した人々に対して、十才の少女の態度とは思えないような、素晴らしい言葉でお礼を言った。

その気丈さに、人々は涙した。

その後、身寄りのないメアリーはひとまず、シスターのところへ行くことになった。

やがて、冬休みがやってきた。父のハリーは、この前の旅行へ行く話を持ち出したが、今のマリアにはお父さんに悪いと思いながらもそんな気持ちにはなれなかった。ハリーは、ジョンの方にも話を持ちかけたようだが、ジョンはジョンで、この頃ボブ達、男の子で何か計画を立てているようで、こちらの話には気のりしないようだった。それに母のスミスも、この頃、教会のお母さん達と何やら活動を始めたようだった。みんなのそんな様子を見て、父のハリーは「まあ、いいっか」とつぶやいた。

冬休みのある日、マリアはスミスに一度メアリーをこの家に泊めて色々と話をしたいということを告げると、スミスは、「いいわよ。今は冬休みだから、しばらく家に居てもいいじゃない。メアリーさえよければ、私は構わないわよ。ジョンやお父さんだって反対しないと思うわよ」と言ってくれたので、シスターの許可をもらうため、教会に向かった。

その晩二人は、一緒にマリアのベッドに寝ることにした。スミスは別の寝具を用意すると言ったが、マリアには何故かそうすることをメアリーは、望んでいないように思えた。二人で同じベッドに入るとメアリーは、今日ここへ呼んでくれたことのお礼をマリアに言った。

「それから、私、色々、マリアに聞いてもらいたいことがあるの。母が倒れる前の晩、私を自分のベッドへ呼んで、今みたいに、母と一緒に寝ることにしたの。私ね…」と言うと、メアリーは声を出して泣きじゃくった。

「メアリー、私達はマリア様がつないでくれた友達よ。だから、特別の友達と私は思っているわ。だから、一人で我慢しないで私にも分けてほしいの。そうすれば、苦しいことは半分になるから、また良いことが入ってくると思うのよ」と、マリアが言うと少し安心したのか、メアリーが母から聞いた話を語り出した。

メアリーの母ベニーは親が材木商を営む裕福な家庭に生まれた。何不自由ない暮らしだったから、ベニーもわがままな少女に育っていた。それが、ベニーが十五才になった頃、父が手を出した相場で失敗して、一家は一夜にして破産した。それからの生活はひどかった。一家であちこち転々としたが、どこへ逃げても借金取りが追いかけて来る。ベニーはそんな暮らしに耐えきれず、行くあてのないまま、家を飛び出した。そしていつの間にか町でたむろする不良仲間に入っていた。何故かベニーはそこの連中とは仲良くなれた。

そんなある日、別の不良グループに捕まって、危ないところを助けてくれたのが、メアリーの父のサンだった。サンも色々なことがあって、家を飛び出し、あまり良くない仲間と付き合っていたようだったが、二人はすぐに仲良くなり、恋愛感情を抱くようになった。二人で居る時は、いつも楽しくて、二人の将来も話すようになった。それからのサンは良く働いた。人が嫌がる仕事も引き受けて、二人のためにお金を貯めた。ベニーも食堂の皿洗いなどをして、少しずつお金を貯めた。小さいアパートを借り、二人が結婚をしたのは、サンが二十一才、ベニーが十八才の時だった。それから間もなくして、ベニーが妊娠した。やがて、女の子が産まれた。その子が、メアリーだった。

それからの三人の暮らしは、ベニーにとっても、サンにとっても幸福な日々だった。


それから三年後、その事件が起きた。サンが仕事を終え、人通りの少ない、いつもの道を通り、家の近くに来た時だった。一人の男がサンの目の前に立った。それはサンがベニーと出会う前、付き合っていた悪い仲間の一人だった。

「やあ、サン、久しぶり。今日はお前に良い儲け話を持って来てやったぜ」と言った。今のサンには、そんな話を聞く耳も持たないし、そんな連中の顔を見るのも嫌だった。それで、黙って行き過ぎようとすると、サンのそういう態度が気に入らなかったのか、ポケットからナイフを取り出し、「お前が言うことを聞かないのなら、あそこの親子の命がどうなってもいいんだな」と言って、サンのアパートの方を見た。気がつくと、サンは男の手からナイフを取り上げ、その男の胸を刺していた。

それから、ベニーは、メアリーを育てるため、死にものぐるいで働いた。サンのことをメアリーに話すには、ベニーにとっては、勇気のいることだったと思う。ベニーは、自分の命の終わりをうすうす感じていて、メアリーに話したのだろう。

話し終わるとメアリーは、「どう、驚いたでしょう」と言い、

「私……」とマリアが言いかけると、「何も言わなくていいの。マリアが私の話を聞いてくれただけで、私、少しスーっとした気持ちになったわ。何だか眠くなってきたから先に眠ってもいい?」と、言ってすぐに眠った。

マリアは、メアリーの今の話をどう頭の中で整理をすればいいのか、これからメアリーのために何をしてあげればいいのか、そんなことで頭がいっぱいになり、メアリーとは反対になかなか眠れなかった。

次の朝、目を覚ますと、もう先にメアリーがベッドから出ていた。メアリーは、「マリア、おはよう」と言ってから、「私、昨夜不思議な夢を見たの。マリアと二人で、どこかの遠い国へ行く夢、気がつくとドームのようなところの真ん中に二人で立っているの。そこはどこなのかわからないけれど、あの扉の中に何があるのかしら」と言った。マリアは、「行きたい？」とメアリーに聞きそうになったが、あの少女の顔が浮かんで止めた。

それから朝食を済ませ、部屋に帰るとメアリーが、夢のことを話し出した。それから、宇宙の写真の方に目をやり「あの世界はここだったのかしら。お母さんも、こんなきれいな星の世界へ行ってたらいいけれど……」と言って、ジィーっと写真を見ている。

マリアは机からカードを出し、ポケットにしまうとメアリーの手を握った。すると、一瞬にして、また、メアリーが夢に見た広場に二人立っていた。メアリーは、目を白黒させて、「これはどういうこと？　私はまだ夢を見てるの？」と言った。

色々、説明してもわからないことなので、「私を信じてついて来て」と言うと、入口の方に連れて行った。そこは、この前、母と来た時に入った隣だった。入口に近づくと番人のおじさんは、もう、マリアの来ることがわかっていたようで、すぐにドアを開けてくれた。メアリーは後ろから、お化け屋敷へでも入るように心配そうについて来る。そこは、綺麗な虹の七色が空から降り注ぐ国だった。「まあ、こんなに綺麗なところ、見たことないわ」

とメアリーは、風景に見入ってる。少し行くと、花畑の中で沢山の子供達が遊んでいる。実に沢山の子供達だ。どの子も、みんなニコニコしていて、悲しそうな子供など一人もいない。そのうちの何人かの子供が二人を取り囲んだ。それから、「お姉ちゃん達、どこから来たの？」と聞いた。「遠い遠い国からよ」と答えると、「フーン、遠い国、どんな国？」「どんな国って、大人も子供も老人も若者も動物も鳥も、みんな一緒に生活している国よ。ここは、子供の国なの？」と、マリアが聞いた。

するとと、「大人はマリア様だけ」と答えた。

「え、ここの国にはマリア様がいらっしゃるの？　どこにいるの？」

すると、一人の子供が丘の上の方にある教会を指差した。

「マリア様に会いに行くには、あそこへ行けば会えるの？」

「行かなくても時間になれば、みんなのところへ来てくれるから、お姉ちゃん達もここで待っていれば、きっと会えるわよ」

「あなた達は、子供達ばかりで何も不安がないの？」

「不安ってどんなこと？」

「色々、心配なこととかないの？」と、聞くと、

「ないわ。お姉ちゃん達の国では、大人が沢山いるから不安とか心配はないの？」と聞い

た。そう聞かれると、二人は返事に困った。

「あなた達はみんなニコニコして楽しそうだけれど、どうして？」とメアリーが聞いた。

「それは、ここの子供達みんなマリア様の子供だからよ。だから、どの子もどの子もみんなマリア様と同じ心。みんな綺麗な心だから、喧嘩もいじめもないの。それでみんなニコニコしているの」と言った。

その時、教会の扉が開いて中から一人の老婦人が、こちらの方へ歩いて来る。よく見るとシスターによく似ている。足元には、子供達がまとわりつくようにして、一緒に歩く。やがて、二人の前に近づくと、「ようこそ、この国へマリア、メアリー」と言って手を差し出した。その手はとても温かかった。メアリーの方を向くと「メアリー、良く頑張ったわね。今度のことがあってから、メアリーはちょっぴり神様のことを恨んだでしょう」と言われて、メアリーはドキッとした。

母があっけなくメアリーを残して亡くなった時は、実は神様を信じられなくなった。今も教会に引き取られたことを心からは感謝出来ないでいた。そのことをマリア様はみんな知っているのだと思うと、自分が恥ずかしくなった。すると、「いいのよ。メアリー、人は誰でもそんなに強くないのよ。大人だって同じこと、人はみんな色々な苦労や悲しみを乗り越えて生きていくのよ。そして、その悲しみや苦しみから、色々なことを学んで成長するのよ。メアリーがお母さんと別れたのも、メアリーだけの別れじゃないのよ。人はみんな出会いと別れを繰り返しながら生きているのよ。どんな人でも、そのことからは逃れることの出来ない試練なの。ここの子供達だって、色々な事情でここへ来た子供達ばかりなの。初めは、どの子も泣きわめいたり、他の子に意地悪していたわ。でもやがて、それがどんなに虚しいことか自分でわかってくると、周りの子供達もみんな自分と同じなんだと思えるようになってきて、みんなと仲良くなっていくの。そうすると、この方がみんなも、自分も楽しくなるということがわかってきて、今の子供達の姿があるのよ」とマリア様は優しく言った。

その話を聞き終わるとメアリーは、急にシスターに会いたくなった。母の死後、あんなに優しく接してくれて、その上、今の生活の面倒まで見ていてくれるシスターの心を受け入れることの出来ない部分がメアリーにあった。それは誰にも話せないことだったのだ。メアリーに急がされて、マリア様にお礼を言うと急いで、その国を後にした。子供達が手を振って見送ってくれた。

家に着くと、すぐにメアリーが「教会へ帰る」と言いだした。

「もう少しゆっくりすればいいのに……。ママもそう言ってたわよ」とマリアが言っても急いで帰って行った。メアリーには、メアリーの思いがあるのだろう。「まぁ、いいっか」

とマリアはつぶやいた。

それからしばらく経ったある日のこと、メアリーはシスターからマリア様の前へ来るようにと言われた。マリア様にお祈りしてからシスターは、静かに話し出した。「実はね、お母さんが亡くなる少し前、ここへ私を訪ねて来たの。今思えば、あの時にはお母さんは自分の命がもうすぐ終わること、悟っていたのかも知れないわね。そして、私に自分の歩いて来た道のこと全部話してくれた。お父さんのことも……。今までメアリーにはお父さんのことを隠して来たけれど、いつかはメアリーも知ることになる。その時のことを思うと心配だと言っていた。私は、いつか他人の口から、お父さんのことを聞くよりは、お母さんの口から聞いた方がメアリー自身の気持ちの傷は軽いと思うと答えたわ。それに私はメアリーのこと、ずぅーと見ていて、どんなことがあっても人を恨む子ではないと思うからと言ったわ」

シスターがそう言うと、メアリーは咳をきったように泣き出した。そのメアリーの肩にシスターが優しく手を置いた。

私は、なんて悪い子なんだろうか。少しの間でもシスターのこと、信じることが出来ない時があった。でも、シスターはいつも私を信じてくれる。この前、出会った国のマリア様とシスターは、もしかすると同じ人ではないだろうか……。しばらくしてメアリーは、「シスターにお願いがあります。私、お父さんに会ってみたいのです」そう言うと、「メアリーがその気持ちになったのなら、連れて行ってあげるわ」と簡単に言った。

実はシスターはメアリーの父に、もう出会っているのである。ベリーの死も手紙で知らせてある。それにシスターは、刑務所にも時々、以前から足を運んでいる。そのことを知らないメアリーは、シスターが簡単に言った言葉に少し驚いた。

次の日、シスターに連れられて、父のサンのところへ面会に行った。メアリーの中には、父の記憶はほとんどない。不安とうれしさで、メアリーの小さな胸はパンクしそうだった。面会室の中へ入って、少し待つと、その人は小さなドアの中から現れた。やがて、メアリーの前の椅子に腰を下ろすと涙でいっぱいの目でジィーっとメアリーを見つめて、「メアリー、大きくなったね」と言うのが、サンには精いっぱいだった。

すると、「お父さんいいのよ。話せなくても。私これから出来るだけ、お父さんに会いに来るから」と言った。

その言葉を聞いたサンの目からは、涙があふれ出た。こんな父親でも父と呼んでくれ、恨み事の一つも言わずに、こんなにも温かい心で自分を癒してくれる。そんなメアリーの優しさにサンは心を洗われるようだった。また、来ることを約束して、二人は別れた。

少ししてから、シスターがサンからの手紙をメアリーに渡した。サンの手紙には、この前話せなかった自分の気持ちがびっしり書いてあった。投獄されてから、当分の間は、世間を恨んで命を絶つことを何度も考えたこと、そんな中でも、ベリーは自分とメアリーのことで精いっぱいなのに会いに来てくれたこと、そのことはベリーが亡くなる直前まで続いたことと。そして、その時話してくれるメアリーのことが、サンの生きる支えになったこと。そして最後にサンは、今まで十分、メアリーには幸福をもらったが、今の私では、メアリーを幸福にしてあげることが出来ない。せめて、メアリーがこんな父のことを忘れて、誰かメアリーのことを引き取ってくれる良い人が現れたなら、どうかそのようにしてほしい。と、そう書いてあった。そして感謝の言葉も最後に添えられていた。

それから数日経った日のこと、シスターがメアリーに一人の紳士を紹介した。その人は、優しそうな目をした穏やかそうな人だった。シスターは言った。「実は、この方は十年前ぐらいから、この教会に縁があってね。色々お世話になっている方なの。メアリーのことを聞いて、ぜひ、あなたに会いたいと言うものだから、会うだけなら……。と言うことで紹介することになったのだけれどもいいかしら?」とメアリーに尋ねた。別に断る理由はないし、それにメアリーとは波長が合いそうな人だったので「ハイ」と返事すると、シスターは、二人を残して、キッチンに入った。

教会の中で二人になると、その紳士は語り出した。

「十年前、一人息子を事故で亡くし、それ以来生きる希望を失くしていた。自分の死に場所を探している時、フゥと何かに吸い寄せられるように入ったのが、ここの教会だった。ここでマリア様と出会いシスターと出会って、それまでのことを話した。すると、シスターは、『あなたは息子さんが亡くなったから、そんなに悲しむのよ。もし、それが反対なら、あなたどう思う？ いつまでも、悲しんで死んでしまおうなんて息子さんが考えたら、あなたはどうしますか？ とても、悲しいでしょう。それなら、こう考えてはどうかしら……。どう願っても息子さんは生きては帰らないのであれば、死んだのはあなたで、今生きてここにいるのが息子さんだと考えると、これからも一生懸命生きていけると思うけど、どう？』と、言った。シスターの話を聞いた私は、今までどこにも持って行くことの出来ない自分の心をどうすることも出来ず、さまよっていた。そんな自分の心からスゥと何かが出て行った。それからの私は、何事にも前向きに考えられるようになった。そうなると、不思議なことに、この今の幸福をもっと沢山の色々な事情に苦しむ人達に分けてあげたいという気持ちになって、この教会のことや色々な子供達の世話をするようになった」というような話をメアリーにした。

そして、今日メアリーと会ったのは、「これは、あくまでもメアリーの意思で決めることだが、メアリーがよければ私の家に来てくれないだろうか」と言う話だった。「すぐには決めなくてもいいんだよ。大切なのは、メアリーの気持ちだからね」と言うと、メアリーは、「おじさんは、私の父のことを知っていますか?」と強い口調で言った。それを聞いたロビン（紳士の名前）は、メアリーの迫力に、ただ、「はい」とだけしか言えなかった。するとメアリーは、「私はたとえこれから、孤児院に行ってもお父さんの帰りを待つわ。だって、お父さんの罪は、私とお母さんの罪でもあるのですもの」とはっきり言った。

その言葉を聞いたロビンは、大人でも言えない啖呵を十才の子供から聞いて、感動して、思わず手を叩いていた。

そこへシスターが、飲み物を運んで来て、「まぁ、ロビンさんたらどうしたの?」と聞いたので、メアリーの返事を言うとシスターは、「まぁ、メアリーのその言葉をお父さんが聞くと、お父さん、きっと喜ぶわね」と言った。この前のお父さんの手紙の内容は、シスターには、言ってなかった。ロビンは、しばらく考えていたが、「それじゃ、メアリー、こう言うのはどうかね」と言いだした。「メアリーは僕の家を孤児院だと思って、そこでお父さんの帰りを待つ。孤児院ならメアリーも僕達（ロビンの奥さん）のこと、あまり遠慮しなくてもいいし、お父さんだって安心するんじゃないかな?」と言った。「これは私の希望でもあるが、妻のヘレンにも、ぜひ、会ってもらいたいのだけれど」と言うと、素直にメアリーは、「はい」と言った。

それからしばらくして、メアリーがロビンさんの家に行くことになった。メアリーがそう決めたのは、自分のことよりも父のサンが安心するだろうと思ったこと。それと初めて会ったヘレンの印象がとてもよかったことだった。

ロビンさんの家は、隣町で教会からの距離は五キロぐらいだが、学校は転校しなければならない。メアリーが転校することは、マリアにとっては、寂しいことだが、メアリーのことを思うとマリア様からメアリーへのプレゼントのような気もする。それに学校は変わっても、教会へは来る約束をした。「まぁ、いいっか」と、いつものように思った。

マリアはこの頃、考え事をするようになった。

ふと気がつくと、あの少女がいつものところに腰を掛けて、笑っている。

「どうしたの、マリア。何か悩み事でも出来たの？」と聞いた。

「私は、これからどうやって生きていけばいいのか、どんな学校へ行って、どんな仕事をしていったらいいのか……。この前、神様は私に自然に生きていれば道が見えて来る。と言ったけれどわからないの。周りの人達はどんどん自分の道を見つけて、次の学校決めているのに、私だけ取り残されている感じなの」と言った。

するど、少女は、「そう、取り残されているの？　どうして取り残されたかわかる？」と聞いた。マリアには、心当たりがなかったから「わからないわ」と言った。すると、少女は、「それは、あなたの心の中に穴ができたからよ」と言った。そう言われれば、メアリーが去ってから何だか自分の気持ちが暗くなったような気がする。そのメアリーは、もう、自分の将来の仕事を決めていた。それは、乳児院の先生になること。そのために次の学校を決めたらしい。兄のジョンは、医者になるために頑張っている。ボブの夢は、農場を経営することらしくて、その方面の学校を選んだ。

「あなたは今、自分のことばかり考えていて、他人のことを見ていないのよ」と言った。するとマリアは、「それって、反対じゃないの。私は他人のことばかりを見ていて、自分のことがわからなくなっているように、思うのだけど…」と言った。

「人ってね。自分のことを自分だけでしていても楽しくないの。動物だって同じよ。誰かのために何かをしている時に、人は生き甲斐とか、喜びを感じることが出来るの」

そういえば、この前お母さんも同じことを言った。「誰かに頼られれば、頑張れるって」

「今のマリアは、私と出会った頃、自分は何の取り柄もない子だから、と思っていた時のマリアに戻った感じよ。人が一番輝くのは、どんなことでも自分が良いと信じたことを一生懸命頑張っている時、輝くのよ。他人と比べてどうなるというものでもないわ。いくら他人のためでも、自分の心で思っていないことをしていては、相手には、わかるものなのよ。だから、神様の言う流れにまかせることは、自分の心に逆らわないということなのよ」と少女が言い終わらないうちに、マリアは部屋を飛び出していた。行く先は、教会のシスターのところだった。

教会に着くと、マリアは急いでシスターの姿を捜した。それを見たシスターは、「まぁ、そんなに慌ててどうしたと言うの」と笑った。「まぁ、落ち着きなさい」と言ってコップに水を注いでくれた。

「私ね、やっと自分のこれからの進路がわかったの。私の夢はねシスターのようなシスターになること。この頃、周りの人達がどんどん自分の進路をさっさと決めるものだから、私、自分の気持ちを忘れて心の中に穴を開けていることに気がつかずにいたの」

「そう、あなたがシスターになりたいと言ってくれるのは、うれしいけれど、シスターになるということはどういうことか、あなたは知っているの?」

「難しいことはわからないけれど、シスターを見ていて、シスターはどんな人にも一生懸命接してくれて優しくしてくださる。だからシスターと出会った人たちは、みんな優しい気持ちになるの。それって、素晴らしいことだと私は思うんです。ですから私も、シスター

のような人になりたいのです」と言うと、

「私が思うのはね。シスターとは、神様のお使いをするための人達だと思うの。でも、お使いをするだけじゃない、自分自身も、その中で磨かれた人が、また、神の心を作っていく。その心がみんなに広がれば、みんなもっともっと、幸福になれるの。ただ、あなたがシスターになるためには、家族のことも考えて、理解をしてもらうのも大切なことよ。それともう一つ、あなたは確かに思いやりがある優しい子だわ。でも、他人のために働くには、強さも必要なことなのよ。それは、心の強さのこと。あなたがさっき心に穴が開いたと言ったでしょう。その穴は自分の心の弱さなのよ。だってそうでしょう。自分の心に穴を開けた人が他人の穴を防ぐことは出来ないでしょう。だから、もっと良く考えてマリアが結果を出せば、私も協力するわ」と言って、ほほ笑んだ。


それからしばらく時が経って、マリアは修道院に入ることになった。母も兄も賛成してくれた。心配していた父も何となく感じていたのか、「まぁ、いいっか」と言って、反対しなかった。

マリアの修道院はシカゴのシスターの母校だった。そこは、シカゴの町外れの古い修道院だった。シスターに連れられて、修道院へ着くと、シスターと同じ年の老シスターが二人を迎えてくれた。二人は、久しぶりの再会を体全体で喜んでいるようだ。そして、老シスターは自分の目の前のシスターのことをマリアにどんなに素晴らしい人物なのか。自分は、このシスターと共にここで学べてよかったことなどを話した。そしてあなたも、このような素晴らしいシスターに巡り合えたのも、神のお導きだと思うから、自分を信じて頑張るようにと、マリアを励ましてくれた。

その日から、五年目の朝、シスターの訃報がマリアの元に届いた。

取りあえず駆け付ける準備をしながらマリアに、一ヶ月前に会ったシスターの顔が浮かんだ。

一ヶ月前の休みの日、マリアはどうしてもシスターに会いたくなり、教会へ向った。この五年の間にシスターも、随分年をとった感じに思えた。でも、いつものようにマリアを温かく迎えてくれ色々な話をした。ただ、その話の内容は、前のような教えではなく、シスターが一生に出会って話をした人達への感謝の気持ちと、その仕事を与えてくれた神様への感謝の言葉だった。マリアは、今、流れおちる涙の向こうにあの時のシスターの姿を見た。

やがて、シスターの葬儀も終わって修道院に帰り、何気なくバックの底の方に手を入れると、何か手に触る物がある。取り出して見ると、それは、あの遠い国への通行証だった。久しぶりに目にする通行証を眺めていると、また、一瞬の間にその広場に着いた。それから、八番目の入口に近づいた。すると、真ん中の大きな扉がまるで劇場の幕が開くように、左右に音もなく開いた。

マリアは静かに、何かに導かれるようにその中に足を進めた。そこには、白く透き通った光が射していて、天上からは、まるで朝露のようなキラキラ輝く光がマリアに降りそそいだ。その向こうに、一際輝く三つの光が見えて来た。少し近づくとその姿が見えて、真ん中にはこの前、光の国で出会った白髪の老人、その右隣には、あのシスターとそっくりのおばあさん、左隣には、あの少女がいるではないか……。マリアはビックリして挨拶も忘れてボォーっと立っていた。すると真ん中の老人が口を開いた。

「マリア、よく来たね。私は今日の日を待っていたんだよ。途中、本当にここまで辿りつくことができるのだろうか、と思うこともあったが、良く頑張ったね。私はうれしいよ」

と言って、優しくほほ笑んだ。

するると、右隣のおばあさんが口を開いた。

「マリア、この方が、あなたが以前、違和感を覚えると言っていたキリスト様よ」と言った。そう言われれば、修道院へ入ってからもキリストの教えは受け入れられることは出来ても、十字架に架けられたキリストの姿には、ずっと違和感をもっていた。でもそのことは、誰にも話せなかった。そうだ、この方が本当のイエス様なら、この方に直接聞けばいいのだわ。そこでマリアは、「あなたが本当のイエス様なら、あの十字架のイエス様はいったい誰なのですか？」とたずねた。すると、「同じイエスだよ」と言った。「それじゃ、神様でも苦しむことがあるのですか？」と聞いた。

「神は人間の考えるような苦しみはない。したがって、苦しみはない」

「それじゃ、あの十字架のイエス様の姿は、どうして苦しい姿をしているのですか？」

するとし、「お前が、今、質問していることは、私の考えを聞いているのであろう。それなら、あの十字架の上のキリストの考えを誰かに聞いた者がおるかね。人間は、目に見える姿形でしか、人の心を見ることが出来ない。だから、キリストは、そのことをわかっていて、十字架にかかったんだよ。その姿を見た人間どもは、イエスが自分達の罪を代わりに受けてくれたと思い込み、私をあのような姿で祈るようになったのだよ。考えてもみよ。私が本当に人々の苦しみを代わりに受ける神だとすると、人間社会には、何の苦しみもなかろう。人間は人間を助けることが出来ても、救うことは、出来ぬ。神は、人を救うが、助けることをしない。本当の救いとは、神の思想に近づくこと。その気持ちを持った時、人間は苦しみから、解放される。マリア、目に見える物だけを見てはいけない。自分の目に見えない物を心の目で見なさい。そして、自分を信じて生きなさい。私がこの前、お前の中に入れた光は、強い心じゃよ。生きなさい。神を信じ、自分を信じて……」と、結んだ。

その次に、おばあさんの方に目をやった。そして、マリアが「あなたは、マリア様ですか?」と聞くと優しく笑ってうなずいた。そして、「あなたも、そうよ」と言った。「私が……」と聞き返すと、「あなたの心は、私の分身。私達、神には、人間に見えるような姿はないのよ。今の私の姿も、あなた用の姿なのよ。神の実体は神の心なのよ。だから、人間でも神の心を持てば、神と同じ。あなたには神の心があるわ。でも、心だけ神でも人間社会では生きていけないのよ。それは、他の人達の心が神でないから……。その社会の中でも神の心を持ち続けて生きていくことが出来るか……。神もみんな、その道を通って神になったのよ。あなたなら出来るわ。これから地上で、もっともっと沢山のマリアを増やしてくれることを願っているわ……」と言った。

その次に少女を見た。「私、あなたの名前、まだ教えてもらってないけれどあなたの名前は……」と聞くと、

「マリア」と答えた。

「あなたの名前もマリアなの?」すると、

「私はあなたの心の分身だから同じマリア」

「そうすると、あなたもマリア様の分身なの？」

「そう、私はマリア様の使いで、あなたをこの国へ連れて来たの。あなたが、この国で見たものは、みんな人の心なのよ」

「それじゃ、この前ひとつ飛ばした国には、何があるの？」

「あそこはね。人間には、歯が立たない猛獣の世界なのよ。そのことを私は知っていたから、飛ばしたの。人間社会にも近づいてはいけない場所があるのよ。誰でも、そんなところを覗いてみたい心理はあるわ。でも、覗いたが最後、そこから、抜け出すことはなかなか困難なことなのよ。だから、あなたはこれから、そのようなところがあるということも知って生きてね」と言った。そして、「もう私は今日でお別れ。私に会いたくなったら、自分の心に語りなさい。そうすれば、あなたの心が答えてくれるから」と告げた。

マリアは三人にお礼を言うと、その国を後にして、広場の真ん中に来て、もう一度頭を下げた。

それから五年、今マリアは、シスターが亡くなった後の教会にいる。今の教会は、シスターが生きていた頃の倍以上の敷地になっている。それは、以前ボブのお父さんが買い占めた隣の土地を教会へ寄付してくれたためだった。教会の建物も増築して大きくする予定だ。それは、もっと子供達が沢山入れる場所がほしいと思うマリアの気持ちにみんなが答えてくれて、寄付を募ってくれたのだった。マリアは、その場所には、キリストの像も入れようと思っている。そしてその姿は、心の国で見たイエス様の姿にしようと考えている。

それから一年後、今日は、教会の落慶とイエス様が来たお祝いも兼ねて、以前の仲間がみんな教会に集まった。あれから後、みんな、それぞれの道を歩き出していた。

シカゴへ引越したメリーは、お母さんと同じナースになった。

メアリーの父サンは、五年前出所した。そして、メアリーが引き取られて行った先の夫妻の出資で、小さなピザ屋を始めた。今、その店の二階に両親を亡くして孤児院で育った少年と二人で住んでいる。メアリーは、夫妻の家から、乳児院の職場へ通っている。

そして、ボブも農場を持つ夢に向かって、頑張ってるようだ。

兄のジョンは、今、医者の卵として、病院で研修を受けている。

マリアの母はと言うと、あの国へ行ってからと言うもの、すっかり生き方も変わって、今は、この教会へ通って来る子供達の話し相手になったり、勉強を教えたりして、マリアに協力をしてくれている。

その他の仲間も、あの頃のように集まって、ワイワイ、ガヤガヤ話は尽きない。やっとの思いで、みんなが教会に入り、ミサが始まった。壇上には、マリア様とイエス様が並んで、こちらにほほ笑んでいる。

誰かが、「シスター、見ている?」と叫んだ、その時、周りがパッと明るくなり、天上から、あの神の国で見た光の粒が、みんなの頭上に降りそそいだ。そして、辺りに響きわたるイエス様の声がした。

「ハートは世界の共通語」と……。

第二章

メアリーが、その女の子と出会ったのは、乳児院に勤め出して、三年目の時だった。その子の母親は、その子を産んで三日目に病院から姿を消した。それで、メアリーの働く乳児院に来たのだった。

メアリーが赤ちゃんを扱うのは、初めてなのでドキドキしたが、（亡くなった母も、私を若くして産んだ時、私を扱う時もこんな気持ちだったのだろうか？）と思いながら、その子に接するうちに、その子が愛おしくなり、（自分がこの子の母親になって育ててあげたい）と思うようになった。その子も、メアリーが近づくだけで、他の人には見せない仕草をするようになった。

メアリーは考えた末、自分の周りの人々、育ての親や、自分の父、一緒に働く先生達に自分の考えを相談した。

育ててくれた両親は、「メアリーは、こうと決めたら、たとえ私達が何を言っても、自分の考えを曲げないと思うから、自分が引き取りたいと思うならば、私達も出来ることは、応援するわ」と言ってくれた。

本当の父サンは「自分は男だから、メアリーのその子に対する愛情の深さはあまりわからないけれど、お前の父親としては、メアリーが誰か良い人と結婚をして、子供を産んでくれることを望むよ」と言った。

同じ職場の人の意見は、「メアリーの気持ちは、よくわかるけれど、そんな気持を、この子供達に持っていては、この職場で働けないわよ」と言った。

それでもメアリーは、やはり育ての親が言ったとおり、その子を手元に引き取った。そして、その子とメアリーは、アパートに移った。

メアリーは、乳児院で働きながら、その子を育てた。その子の名前は、サリー。目のくりくりした、可愛い子だった。サリーは、よくメアリーになついて、「ママ、ママ」と言って、メアリーを追いかけた。かつてメアリーと亡くなった母親との生活のようで、メアリーにとっては、楽しい日々だった。

やがて、サリーは、小学校に入学する年齢になった。そして、学校へ行き始めた頃から、サリーは変わり始めた。学校の先生からは、呼び出しが来るし、他の母親達からも、苦情の電話が鳴るようになった。

その理由と言うのは、サリーが、他の子供達をいじめるとのことだった。そういえば、メアリーに対しても、乱暴な口を聞くようになった。余り「ママ、ママ」も言わなくなった。

メアリーは困り果て、いろいろ考えたが、サリーがこんなになったのには、何か原因があるはずと思い、サリーに聞いてみることにした。

するとサリーが、メアリーに「あなたは、私の本当のママじゃないんでしょ」と言った。ああ、そうだったのか…。そのことを、サリーは誰かから聞いて、心が動揺したのだ。とわかった。この日がいつか来ることは、サリーを引き取った時から、覚悟はしていた。それに隠すつもりもなかった。いつかその日が来たら、自分がサリーを、引き取った訳を話そうと思っていた。だが、こんな形で話すようになるとは、考えてもみなかった。

そこでメアリーは、サリーと向き合って、サリーに今までのことを全部話した。話し終わるとサリーは、メアリーの顔をジィーと見て、睨んだ。その目を見てメアリーは、すごい衝撃を受けた。

それからも、サリーの、友達への態度は、変わることがなかった。そればかりか、その態度は、陰湿になっていった。メアリーは、どうしていいかわからなくなり、自分の心も病むようになっていった。

職場の仲間が言った。「だから、最初に注意したでしょう。ここへ来る子は、みんな何か、暗い過去を背負った子供達ばかりだから、甘い情だけでは、育てられないってことを…」

今、メアリーは、マリアの居る教会の前に立っている。家のチャイムを鳴らすと、マリアが顔を出した。マリアの顔を見たメアリーは、マリアの胸に顔を埋めて泣いた。こんなメアリーの姿を見るのは初めてだった。メアリーの母親が亡くなった時でさえ、メアリーは気丈に振る舞った。

マリアは、メアリーを家の中に招くと、紅茶とビスケットが出て来た。そのビスケットは、亡くなったシスターのビスケットの味だった。

メアリーが少し落ち着くのを見て、マリアは、イエスとマリアが並ぶ教会の中へ連れて行った。その前で、長い間祈っていたメアリーが、「マリア様、どうか教えてください。私は、どのような罪を犯して、このように苦しまなければならないのでしょうか？　今の私には、その答えがわかりません。私に罪があるのなら、直すように致します。どうか、お願いいたします」と言った。そして、メアリーは、マリアの方を向くと、サリーのことを話し出した。その話を黙って聞いていたマリアは、「それは、どんなにか苦しかったでしょうね。でも大丈夫よ。だって、メアリーが、今日ここに来たのは、マリア様が呼んだのですもの」と明るく言った。

「ええ、マリアは、神様の声が聞けるようになったの？」と言った。

するとマリアは、「ええ、そうよ。神様はいつも私達の近くにいて、いつも私達を守っていてくれるのよ。今のメアリーは、サリーのことで頭がいっぱいで、本当の自分を見失っている状態なのよ」

「見失う？」

「そうよ。どんな時でも、前に向かって歩いて来たメアリーをよ。どうやら、今のサリーちゃんの心の中も、子供の頃のメアリーの心と似ているところがあるように、私には思えるわ」

「子供の頃の私？」

「メアリーは、お母さんと二人で、暮らしていた頃、お父さんのことも聞かされずに暮らしていた。それで、ある日、お父さんのことを知らされた。あの時のメアリーのお父さんに対する気持ちはどうだった？」とマリアが言ったのを聞いて、メアリーは「ああ、そうなんだ。私はなんてごう慢だったのだろうか。サリーは、母親に捨てられた可哀そうな子供だから、自分の愛で、この子を幸福にしてあげるのだ」なんて思っていた。

「あの時、メアリーがお父さんに会いに行ったように、サリーちゃんの心も、どんな悪いお母さんでも会いたいと思う気持ちでいっぱいで、その小さな心が誰にも言えなくて、爆発するのじゃないかしら…」

　メアリーは、マリアに礼を言って帰りかけてから、「マリア、何だかこの頃シスターに似てきたわね」と言った。するとマリアは、「だって、シスターはいつも私の後ろにいるのに、メアリーには見えないの？」と言って笑った。

　家に帰ったメアリーは、サリーに自分の生い立ちを全部話した。そして、サリーを引き取ったことも、その上で、これからサリーの本当の母親のことを捜すと約束した。すると、サリーの目が輝いて、メアリーに「ママ、ありがとう」と言った。それから、サリーの母親探しが始まった。

　まず、メアリーは、サリーの産まれた病院を訪ねた。すると、サリーの母親は救急車で、その病院に運ばれて来たようだった。ようやく探し出した住所には、母親はいなかった。近所の人の話では、サリーは私生児のようだった。男性の姿は見かけたが、結婚はしていないようだった。その人の話では、あれから間もなく、逃げるように、そのアパートを出て行って、その人は、行く先を知らないということだった。アパートの大家さんに聞いても、行き先はわからなかった。

　だが、今のメアリーの気持ちとしては、何としてもサリーの母親を探し出したかった。マリアに指摘されたように、自分が父親に会いたいと思った気持とサリーが母親に会いたいと思う気持ちが同じなら、サリーが母親に会うことが出来るまでは、サリーの心の傷は埋まることがないのだ。だから、これから何年かかっても、頑張ろうと思った。そして、その経過をサリーにみんな話した。

すると、不思議なことに、あの時のメアリーのように、サリーは小さいながら現実を受け入れるようになって、メアリーを今まで以上に慕うようになった。

それから一年、ひょんなことから、サリーの母親の居所がわかった。そこは、刑務所だった。メアリーは、サリーに、そのことを話した。サリーの答えは、「それでも会いたい」という返事だった。

メアリーは、サリーを連れて刑務所へ面会に行くことになった。

その人は、サリーを若く、産んだので、メアリーより年下だと思うが、年齢よりは、随分老けて見えた。

その人は黙って、サリーの顔を眺めていたが、サリーに、「右手を見せて」と言った。サリーは、その人の方に右手を出した。そのサリーの右手の手首の近くには、大きなホクロがあった。それを見たその人は、声に出して泣き出した。そして、サリーに「ごめんね。ごめんね」と何度も言った。そして、メアリーにお礼を言った。母親は、以前サリーと別れる時、サリーの右手のホクロをしっかりと目に焼きつけていたのである。この光景を見たメアリーは、サリーに母を会わせることが出来たことを、神に感謝した。そして、マリアにも…。

別れ際に母親がサリーに「もう今日から、こんな母のことは忘れなさい」と言うと、サリーは「いいえ、また、会いに来ます」ときっぱり言った。それから何度も、二人で母親に面会に行った。すると、その人は、二人が行くたびに、若々しくなっていった。

それから間もなくしてメアリーは、職場の男性からプロポーズされた。サリーにそのことを話すと、素直に賛成をしてくれた。その男性は、サリーのことは何もかも承知の上でのプロポーズだから、結婚してもサリーと三人で暮らそうと言ってくれた。

二人の結婚式は、マリアの教会で行われた。メアリーのお父さんは、ことのほかメアリーの結婚を喜んだ。結婚式には、亡くなったメアリーの母の写真を持って、出席した。育ての両親も、この日が来たことをとっても喜んでくれた。綺麗な花嫁姿のメアリーの傍に立ったサリーは、メアリーのことを誇らしげに見上げた。


一人の男がジョンの勤務する病院に運ばれて来た。その日は休日で、ジョンがその日の当直医だった。階段を下りて処置室に入って男の顔を見たジョンは、驚いた。それは、農場経営の夢を持って旅立って行ったボブだった。ボブは、あれから、頑張って小さな農場を経営するまでになっていたが、父の死後、色んな事に巻き込まれて、とうとう、その農場も手離すことになった。そればかりか、妻も子供を連れて家を出て行った。それ以来、ボブは何もかもが信じられなくなって、何をする気も無くなった。それで、一人、浮浪者のような生活をしていた。

その日は、急に胸が苦しくなって、意識を失って倒れたところを、誰かが、救急車を呼んでくれたのだった。ジョンもボブのことは気になって、色んな人達に、居所をあたってみたが、今日までわからなかった。

やがて処置が終わったボブは、二階の病室に移されたが、まだ、意識は回復しないままだった。ジョンは、その夜、ボブの部屋の簡易ベッドで眠った。朝日の光でボブは、目が覚めた。そして辺りを見廻した。すると、一人の男性が、近くの小さなベッドで、毛布に包まって眠っていた。やがて、その男性が目を覚まして起きた時、顔を見たボブは、驚いた。それは、ジョンだったからである。

起き上ったジョンは「やあ、ボブ。気分はどうだね」と言った。ボブは、何も言うことが出来なかった。ただ、ジョンの顔を見つめるだけだった。すると、「ボブ、随分捜したよ。あまりにも捜し疲れて諦めかけていたら、神様が君をここに連れて来てくれたよ」とジョンが言った。

その日からジョンは、仕事の暇を見ては、ボブの部屋を訪れ、子供時代の話をした。ボブが夢を持って旅立って行ってからの話は、何も聞かなかった。

そんなある日、ジョンが病室に入ると、ボブが自分の身の回りの整理をしているのが見えた。「ボブ、どうしたんだね。僕は、まだ君に退院の許可を出していないのだけどね」と言うと、「ジョン、これ以上、君に迷惑をかけられないよ、今までの病院代は、これから働いて、何とか死ぬまでに返すようにするよ」と言った。

するとと、「ボブ、何か勘違いをしているんじゃないか？　ボブがどう思っているか知らないけれど、僕はボブが思うような偽善者じゃないよ。そんなこと、心配しなくても、その方面の手続きをしておいたから、君は、お金のことは、考えないで、まず病気を治すことを考えてほしていいね」と言った。

ボブは、ジョンの心の温かさに感謝して、涙を流した。

ある日、ジョンは、ボブを中庭に呼んで話し出した。その話というのは、今度、ジョンが開業医を始めるという話だった。その場所を聞いたボブは、驚いた。その場所というのは、誰もが嫌がる貧困地帯だった。

「ジョンは、あの町を調べたの？　今の僕が言うのも変だけれど、あんなところで開業しても、金儲けにはならないよ」そう言うと、「ボブ、そりゃ僕だって、お金はほしいよ。だけど僕が医者になりたいと思ったのは、病気で苦しむ人々を一人でも救いたいと思ったからで、金儲けだけのためならば、他の職業でも良かった訳だし…。それに金持ちを治す医者なら、金持ちの奉公人のような者じゃないかね。そこで、君に頼みたいことがあるのだが、その手伝いをボブにしてもらいたいのだが…」と言った。

「僕に手伝う仕事なんかあるの？」と聞くと、

「仕事なら、いくらでもあるさ。だが、問題なのは余り懐具合が良くないので、少ない給料しか出せないことなのだ」とジョンが言うと、

「金のない暮らしには、もう慣れたから任せとき」と言って笑った。

その時の、ボブの心の中では、この友のためなら、どんなことでも自分は出来ると思っていた。

それから間もなくしてジョンは、その町の一軒家を借りて、開業の準備が始まった。ボブも良く働いた。すると、準備の段階から、近所の人達が代わる代わるに、その様子を見に来た。

ジョンの母のスミスも手伝いに来た。以前は、あんなに気位の高かったスミスも今では、すっかり人が変わったようになり、あちらこちらのボランティアに駆け廻っている。様子を見に来た近くの人達とも何か雑談をして、大きな声で笑っている様子を見て、ジョンは、我が母ながら頼もしく見えた。

一人の男がジョンに近づいて来て「先生、こんなところへ良く来てくれたね、我々には

先生が、神様に見えるよ」と言った。「さあ、それは、まだわからないよ、腕の方も神様だといいのだけれどね」と、ジョンが笑うと、男は「まあ、こんなところへ来る先生だから、そんなにすごいことは、期待していないから、先生安心してよ。俺達は、先生が、この地へ開業してくれるだけで、うれしいのだから…」と言った。

やがて、その家の二階に、ジョンとボブは、引っ越して生活を始めた。ジョンはこの時、まだ独身だった。それも、この時のためだった。もし、結婚して所帯を持っていたなら、今のようなところで開業することは、出来ないと思っていたからだった。

ボブは、その後、ジョンの助けを借りて、資格を取るための勉強を始めた。そんなボブに、近所の人達は親しみを覚えるのか、自分の悩み事とか、近所の噂話やらをした。ボブは、その話を親身に聞いた。ボブがこの頃思う事は、以前一人ぼっちになって、あちこちを、さまよった年月があったから、今のこの人達とも、こんなにコミュニケーションが保てるのであって、あのまま農場の経営に成功して、沢山のお金を手にしていたとすると、お金だけあって、心の貧しい人間になっていたのかも知れないと思った。

それから一年後、ジョンは、母親のスミスのボランティア仲間の娘さんとお見合いをして、結婚することになった。ジョンがその人を気に入ったのは、その娘さんが、ジョンの仕事のことを、よく理解をしてくれたことと、それに何よりも良かったのは、ナースの資格を持っていることだった。

その話が決まると、ボブは近くの家に引っ越すことになった。その家もボブの話し相手が見つけてくれた。

ジョンの結婚式は、マリアの教会で行われた。町の代表の人達も呼ばれて、みんなジョンのことを誇らしげに見ていた。その式は質素だったが、とても温かみのある良い式だった。式の後、ボブがマリアのところへ近づいて来て、話しかけた「実はマリア、僕が何もかも失って自暴自棄になっていた頃、この教会へ来たことがあるんだよ。だけど、その時、マリアの家の玄関も教会の扉も閉まっていたんだ。その時の僕は、自分は神様にまで見捨てられたのだと思い、それから、ますます何もかもが信じられなくなっていたんだ」と言った。

それを聞いたマリアは、「まあ、そんなことがあったの。何も知らないでごめんなさいね。私、大抵の日は、教会の扉は鍵をかけていないのだけれど、その日は、きっと遠出をしていた日だったのね。神様はどうして、ボブにそんな意地悪をしたのかしら」と言うと、ボブは、「今思えば、あれは神様の優しさだったように思うんだ。あの後の苦しみを味わったからこそ、ジョンにも会えたし、他の人の心も良くわかるようになった。今では、神様に感謝しているよ」と言った。その話を聞いたマリアは、「ボブが前にここへ来て、神様に会えないで神様を恨んだ時のボブの思いは、人間の考えで、今のボブが思っている思いと言うのは、神様の考えではないかしら」と言うと、ボブはしばらく考えてから、「確かにそう言われると、そうかも知れないね」と、しみじみと言った。

「人って、何かに追い詰められた時、神様を頼るくせに、その時は、神様を受け入れる余裕がないのかも知れないわね。私はね、この頃、何かに行き詰った時、こんな時、神様ならどう考えるのかしら？　と考えるのよ。そして、一呼吸置くようにしているの。そうすると、不思議なことに、意外と良い答えが見つかるのよ」と言うと、ボブが、「それって、亡くなったシスターが実践していたことだよね」と言って、二人で顔を合わせて笑った。


マリアはその日、シカゴに来ていた。それは、母と一緒にシカゴに旅立ったメリーに会うためだった。それに、マリアの卒業した修道院も訪ねてみるつもりだった。

実は、メリーの母親は3年前、病気でこの世を去ったのである。その時は、マリアもお母さんの葬儀に出席した。そういえば、ボブが教会に来たのは、その時、家を空けた日だったのかもしれないと気づいた。葬儀の後、マリアは、メリーのことが気になりながらも、余り長くは教会を空けられないので帰って来た。帰ってからは、なるべく連絡を取るようにしていたが、メリーの負った心の傷の深さまでは知るよしもなかった。

そんな時、一人の男がメリーに近づいた。その男は、メリーが務めている病院の入院患者だった。メリーの近況を知った、その男は、メリーに何かと優しく接して、メリーの心を引きつけていった。

やがて、その男は、メリーのアパートに転がりこんで来た。最初は、優しかったその男も、だんだん日が経つごとに本性を見せ始めた。

その男の目的は、メリーの生活力だった。出会った頃は「自分はコックの腕があるので、病気が治れば、また、コックとして働く」と言ったので、働きに出ることを疑うことがなかったメリーだったが、その男は、いつまで経っても仕事に出る様子がなかった。昼間は、ごろごろしていて、夜になると、メリーにお金をせびっては、出て行った。メリーが文句を言うと、「自分も本当は、こんな生活をしたくない。早く仕事に出たいが、体調が悪くて働けない」と言い訳をした。

それでも、メリーにとっては、働くのが生き甲斐だったから、夢中になって働いた。そうすると、それは、男の思う壺だった。男は、ますます遊びが派手になって、メリーの貯金通帳にまで、手を出すようになった。それをメリーが注意すると、メリーに暴力を振るうようになった。メリーの心は、ずたずたになっていった。

そんなある日、メリーは男から、耐えられない暴力を受けて、気を失う前に、警察に電話を入れた。それで、病院に運ばれ、知り合いのナースがマリアに連絡をくれたのだった。シカゴに着いて、マリアが見たメリーは、まるで死人のようだった。目は開けていたが、その視線は、どこを見ているのか…。マリアが、「メリー」と名前を呼んでも、何の反応もなかった。マリアは、担当の医者にメリーの病状を聞いた。医者が言うには、「メリーの病気は、体の外傷の病気ではなく、心が傷ついた病気なので、今の環境から遠ざけるしか、治る道がない」と言った。マリアは、メリーの今後について、結果の出せないまま、修道院へと足を向けた。

修道院では、共に学んだ仲間で、今も修道院の中で働く友が、マリアを迎え入れてくれた。そして、メリーの話をすると「それじゃ、しばらくは、その友達を置いては帰れないでしょうから、その友達のこれからの目途が立つまで、ここに滞在すれば…」と言ってくれたので、その言葉に甘えて、しばらくは修道院から、メリーのところへ通うことにした。

メリーもマリアに会えて、少しは安心したのか、少しずつ話が出来るようになって来た。そんなメリーに「どう、メリーしばらく私のところへ来ない？　そうして、昔のようにマリア様の前で遊ばない？」と言うと、メリーは目にいっぱい涙をためて、こっくりうなずいた。それから、二人は教会に帰った。あの男は、あれからすぐに暴行罪で警察に捕まった。

ニューヨークに帰ったメリーは、日に日に明るさを取り戻して行った。

そして、マリア様に祈っているメリーのところへ近づいたマリアは、「メリーは、長い間マリア様を忘れていたの？」と聞くと、「だって、男に騙されたから、マリア様お助けくださいなんて、私は恥ずかしくて祈れなかったわ」と言った。

「あら、そうかしら、私は、何でも人間の言うことを黙って聞いてくださるのが、神様だと思うけれど…。私は何だって、神様に話すわよ、だって、一番安心でしょう」と言って、マリアが笑うと、メリーも「そうだった。もっと早くに自分の気持ちをマリア様に打ち明けていれば、こんなにも苦しむことがなかったかもね。それにマリアにも、すっかり迷惑をかけてしまって…」

「そこで、相談なんだけれど…あなた、本格的にシカゴを引き上げて、ニューヨークに帰って来ない？」と言うと、
メリーは、目を輝かせて「私が今、マリア様に祈っていたのは、そのことだったのよ。マリア様、もし許されるならば、私をマリア様の傍に呼んでくださいって祈ったのよ」

「私の言ったとおりでしょう、マリア様は、黙って人々の言うことを聞いていてくれるのよ」

それから、間もなくしてメリーは、シカゴを引き上げて教会の近くでアパートを借り、

ナースとして働き出した。

近頃、休みの日には、ボブも教会に顔を出すようになり、メリーと出会うと、楽しそうに話をする二人の姿をよく見かけるようになった。そんな二人を見て、マリアはちょっぴり羨ましい気持ちと、寂しい気持になったが、「まぁ、いいっか」で終わらせた。

それから二年後、メリーとボブは結婚した。二人の結婚式には、沢山の人々が集まった。その中には、メアリーの顔も見えた。

ボブは、あれから整体師の技術を身につけていた。そして、ジョンの近くで、自分の医院を開業することになり、メリーも務めていた病院を辞めて、ボブの手伝いをすることにした。


その日、マリアは机にもたれて、うとうとしていた。

すると、「マリア、マリア」とマリアを呼ぶ声がどこからか聞こえて来た。マリアが、気がつくと、そこは綺麗なお花畑だった。その向こうに誰かが立っていて、マリアを呼んでいる。近づくと、それは、亡くなったシスターだった。「マリア、どうしたの？　寂しいの？」と聞いた。「いいえ、そんなことないわ」と答えると、「それならいいけれど」と言って、ほほ笑んだ。

目を覚ましたマリアは、どうして私は、あんなことを言ったのかしら…。他の人には、自分の気持ちを正直に神様に打ち明けなさいと言うくせに、どうして、自分の今の気持ちをシスターに素直に言えなかったのかしら…と思い、そのことをシスターに詫びた。

そんなある日、一人の少年が教会を訪れた。その少年は、きりりとした礼儀正しそうな少年だった。少年は、マリアに挨拶すると、イエスとマリアに祈りをささげた。そして、マリアの方を見て、「実は、今日僕がここに来たのは、神様のお導きなのです」と言った。マリアは、「まあ、それはうれしいこと」と言うと「シスターは、歌が好きですか？」と言った。突然、そう言われても…確かに、ここにはオルガンもあるし、讃美歌もそれなりに唄うが、「好きですか？」という問いには、うまく答えられないでいると、少年は、「オルガンお借りしてもいいですか？」と聞いた。「どうぞ」と言うと、少年はオルガンを弾きながら唄い出した。その声の素晴らしいこと、まるで天使が舞い降りて来て、唄っているようだった。

その時はまだマリアは知らなかったのだが、この少年は、今、ニューヨークで有名な合唱団の一員だったのである。

「まあ、なんて素晴らしい歌声、こんな素晴らしい歌声を一人で聞けるなんて何という贅沢でしょう」と言うと、「シスターも一緒に唄いませんか」と言った。「私？　私は、讃美歌を唄うぐらいで、普通の歌は子供の頃、童謡を、唄ったぐらいだから…」と言うと、「それでは、その童謡を唄いましょう」と言って、オルガンを弾き出した。その歌は、マリアも知っている歌だったので、小さな声で唄い出した。すると、不思議なことに、少年の素晴らしい声がマリアの声をカバーしてくれて、自分も何だか、素晴らしい声になったように錯角した。マリアの楽しそうな様子を見た少年は、それから何曲も一緒に唄ってくれた。マリアには、まるで夢のようだった。

少年は、また、来ることを約束して帰って行った。

その日からマリアは、オルガンの前に座って、少年と唄った歌を毎日、唄うようになった。この様子を見た教会に通って来る子供達も、ミサが終わった後、一緒に唄うようになった。そして、唄う曲もだんだん増えて行った。

そんなある日、あの少年が、また、ひょっこり現れた。そして、自分の素性を証した。

「そうだったの、道理でうまいはずだわね。だけど、そんな有名な人なら、とっても忙しんでしょう」と言うと、「僕が最初に、ここへ来た時、言ったように僕がここへ来たのは、神様のお導きで、今日も神様のお導きにより来たのです」と言った。

そして、マリアからこの前少年が帰った後のことを聞いた少年は、「どうです。ここの子供達だけで、合唱団をつくりませんか」と言った。マリアは、目を白黒させて、「だって、私達は、みんな素人で、あなた方のように、きっちりと、勉強した訳ではないから、うまくはならないいんじゃないかしら？」と言うと、「この前シスターは僕と、とっても、うまく唄ったじゃないですか」

「あの時は、あなたがうまかったからよ」と言うと、

「大丈夫、僕も最初から、うまかった訳ではありません。ある日、音楽に出会って、唄うことが楽しくなって、だんだんうまくなっていったのです。どれだけ勉強したからって、唄うことが楽しくなければ、歌は、うまくなれないし、聞いてくれる人の心も動かすことも出来ません」

その少年の言葉を聞いて、マリアは、（うまくならなくても、まあ、いいっか。まず、初めてみよう）と思い、少年にそのことを言うと、「僕もまた、神様が時間を作ってくれた時に来ます」と言って、帰って行った。

それから、マリアの独学の勉強が始まった。そして子供達の数も、だんだん増えていった。どの子も、みんな唄うことが楽しい様子だった。少年も時々来ては、子供達を指導し

てくれた。少年のすすめで、小さなコンクールに出てみないか？　と言う話が出た。マリアにも子供達にも不安があったが、駄目で元々、そんな場所に立てるだけで、幸福と思う気持ちで参加することにした。

すると、そのコンクールで、二位に入った。その審査員のコメントは、「人の心に沁み入る歌だった。本当は、一位の賞をあげたいが、技術が少し足りなかった。でも、これからが楽しみだ」と言ってくれた。みんなは、飛び上がって喜んだ。そこでもらった、二位の小さなトロフィーをマリア様の前に置いて、みんなで、讃美歌を唄った。

それから、二年後、マリアと子供達は、あの少年の合唱団と同じ舞台に立っていた。

少年達の合唱が終わった後、マリア達が紹介され、マリアは、子供達の前に立ち、指揮をした。その姿は、シスターの衣装を身につけたマリアの姿だった。やがて、子供達の合唱が始まると、会場はシーンとした。そして、合唱が終わると、合唱団の子供達への拍手以上の拍手が会場に響いた。

次の日の新聞には、マリアと子供達のことが大きく報じられた。

そして、教会には、沢山の人達からの手紙が届いた。

その手紙の内容は、普通の子供でも、みんなのように、やれば出来ると言う希望をもらった。と言うマリアと子供達への感謝と励ましの手紙だった。

教会には、沢山の仲間が集まって来るようになって、マリアは、とっても忙しくなった。
ある日、亡くなったシスターが夢に現れ、「どう、マリア、近頃は寂しくないの?」と言った。「この前、私はシスターに同じことを聞かれた時、「寂しくない」と答えました。でも、その後、何だかシスターに嘘をついたような気持でした。でも、今の私は、シスターにはっきりと言えます。私は、寂しくありません。私は今、とても幸福です」すると、「そう、それは良かったわね。あなたは、他人を幸福にすることが、自分の生き甲斐だと思っているようだけれど、他人を幸福にするには、自分がまず、幸福だと思える状態でいることが大切なのよ。だから、どんな時でも、自己犠牲は、人には称賛されても、神様は称賛しないのよ。神様は、自分自身を大切にして、その上で、他人のために働く人を応援するのよ」と言って消えた。夢から覚めたマリアは、シスターに深く感謝して、祈った。

マリアは、今、機中の人になっていた。マリアの横には、あの合唱団の青年が、座っていた。マリアは、これから、この青年と一緒に戦争によって、家や親や家族を失った子供達の住む場所へ行く予定だ。

マリアが、「あなたとは、随分不思議な巡り合わせね。あなたが教会に現れてなければ、子供達と音楽をすることもなかったでしょうし、また、今のように、あなたと、他国の子供達に会いに行くことにもならなかったでしょうしね」と言うと、

「そうですね。あの時、僕はたまたま、友達に会うためにあの町に行き、あなたの教会に行った。でも、この頃思うのですが、どんなことも不思議と思えば、今の世の中、不思議でいっぱいだけど、自分達が不思議と思うことだって、どこか別の世界から見れば、普通のことではないのでしょうか？」

「そうね。不思議と思えば、私達が今乗っている、この飛行機だって、こんなに重たい物が空を飛ぶのも、不思議ですものね」と言ってから、マリアは、以前、少女と行った未知の世界のことを考えていた。もしかすると、この青年も、あの世界へ行ったことがあるのかも知れないと、ふっと思った。

飛行機が着いたところは、空港と呼ぶには、とても、貧相なところだったが、そこから、車に乗り換えて何時間も走ったところは、今まで、マリアも見たことがない悲惨な情景が続いていた。

やがて、車の着いたところは、小さな汚いテントが立ち並ぶところだった。

まず、青年は、一番手前のテントにマリアを連れて行った。青年は今、少年合唱団を退

団した後、ソロの歌手として、世界中を駆け巡っていた。青年の歌声は、素晴らしく、世界中には沢山のファンがいた。でも、青年は、歌手として手に入れたお金のほとんどを世界の子供達のために使っていた。他の人達と、青年の違うところは、恵まれない子供にも、恵まれている子供にも分けへだてなく、愛をそそぐことだった。

二人が入ったテントの中には、国境なき医師団の人達とボランティアの人達が働いていた。その人達は、青年の顔を見ると、親しそうに話しかけた。青年は、何度かここへ来ているのだろう…。青年はその人達にマリアを紹介した。青年は、まず一人のリーダー格の少年に、子供達を集めるように言った。すると、テントのあちこちから、沢山の子供達が出て来て、青年の周りに集まった。

すると、青年は、「前に約束していた物を持って来た」と言って、持って来た箱を開けた。その中には、ハーモニカがいっぱい詰まっていた。それを子供達の手に一つずつ渡すと、ハーモニカを手にした子供達は、跳び上がって喜んだ。青年は、まず、ドレミの吹き方を教えた。子供達は、吹けばこんなに綺麗な音が出る物に出会えたことだけで、最高の喜びを感じるようだった。

マリアは、その様子を見て、今日こんな美しい光景を見せてくれた青年に感謝した。

レッスンが終わった後、青年は、「この方は、神様のお使いをされている方です」と言って、マリアを子供達に紹介した。すると、子供達は、マリアの周りを取り囲んだ。その一人一人の顔は、こんな境遇の中でもみんな輝いていた。

するると、一人の子供が「ねぇ、シスターは、神様のお使いだから、天使を見たことがあるのでしょう。天使って、どこに住んでいるの？」と聞いた。すると、マリアは、「天使は、ここにいるわ」と言うと、その子供は、「どこどこ、僕には見えないよ」と言って、辺りを見廻した。

「天使は、あなた達、みんなよ、私はここにいる子供達みんなが、天使に見えるわ」と言うと、その子供は、他の子に向かって、「おい聞いたか、僕達、みんなが天使だってよ」と言うと、子供達は、手を叩いて喜んだ。それから、今度は、子供達にみんなの知っている歌を教えてもらって、一緒に唄った。

マリアは、子供達に心から礼を言った。

すると一人の子供が「シスターは、どうして僕達に礼を言うの？ 礼を言うのは、僕達の方なのに…。それに、今まで僕達に礼を言ってくれた人はいないよ」と言った。

マリアは、「私は、こんなに素晴らしい天使達に今日、出会えました。私には、それが、とっても嬉しかったのです。だからここの天使のみんなにお礼を言ったのよ、ありがとう」と言った。そして、子供達に見送られながら、いつまでも手を振って別れた。

帰りの飛行機の中で、マリアが青年に礼を言うと、青年は、「お礼を言うのは、僕の方です。今日僕は、シスターに教えられたことがあります。あの子供の言った言葉の中で、今まで僕達にお礼を言ってくれた人はなかったと言う言葉に、僕は、自分が恥ずかしくなりました。今まで、僕が子供達にしたことは、心のどこかで、してあげているのだという考えがあったのだと思います。だから、相手から礼を言ってもらうのは当然であって、自分から礼を言うことは、考えてもみなかった。それをシスターは、心の底から、あの子供達にお礼を言った。あのような、シスターの姿を見ることが出来たことに感謝します」と青年は、言った。


マリアは、その日一人の盲目の女性と出会った。道路の段差で、その女性が転んだところをマリアが助けた。

その女性は、マリアの衣服が手に触れた時、何かを感じたのか、マリアにお礼を言ってから、「あなたは、どのような方なのですか?」と尋ねた。

「私は近くの教会の者です」と答えると、

「もし、迷惑でないのなら、私を教会に連れて行ってはくれないでしょうか？」と言った。

マリアは、「喜んで」と言って、女性を教会に案内した。

その女性は、長い間、お祈りをした後、マリアに少し話を聞いてほしいと言った。そして女性は、自分の生い立ちを話し出した。その話によると、女性の目は、産まれた時から視力がなかったそうで、そのせいもあって、両親は、女性が産まれて間もなく離婚した。母親も、子供の面倒を見なくなり、女性は、母方の祖母に引き取られた。その祖母も昨年亡くなり、今では、そんな人達が、暮らす施設で、少しずつ点字の仕事をして働いている。と言った。

だが、そんな日々の中で、これからの自分の人生を思う時、何の夢もない自分が不安で、寂しいのだと話した。その話を黙って聞いていたマリアは、「夢と言えば、私以前から考えていたことがあるのだけれど、あなた方は、夜眠って見る夢はどんな夢を見るのかしら」と聞くと、女性の顔が、ぱっと輝いた。そして、「それがね、不思議なことに私は、産まれた時からこの世の物は何も見えていないのに、綺麗なお花やら色んな綺麗な夢をよく見るの。母親の顔だって、夢の中では見えるのよ。昨年亡くなった祖母も出て来て、話をするの」と言った。

「そう、それなら、その夢の話を点字で文書にしてみたらどうかしら？　私だって、目の不自由な人達って、どんな夢を見るのかしら。と思っていたのですもの。他の人達だって、知りたいと思うはずよ。そうすれば、あなたが見た夢が、本当のあなたの夢になると思うけれど…」と言うと、女性は、「何だか生き甲斐をシスターに頂いたような気がします」と言って、元気に帰って行った。

それから一ヶ月後、女性が、教会にやって来た。そして、「私が、今までに見た夢です」と言って、点字で書かれたノートを持って来た。マリアは、点字が読めないので、その女性に読んでもらった。その女性の名前は、クリスティーと言った。

そのクリスティーの夢の内容は、とっても感動的で、まるで神の世界に行ったような気持になった。マリアは、この作品を子供達に聞かせてあげたいと思い、そのことをクリスティーに話すと、「自分もそうしてくれるなら、うれしい」と言うことだった。

それからマリアは、点字の勉強を始めた。そして、クリスティーが置いて行った作品を、みんなが読める字に訳した。そして、子供達に読んで聞かせた。

すると、その作品のことが、口コミで広がっていった。

そして「良い作品なので、本にしてみないか？」と言う話が来た。

マリアが、クリスティーに話すと、「私の夢が、少しでも他人を励ます役に立つのであれば…」と言うことで、本を出版した。

すると、その本は、飛ぶように売れ、沢山のお金がクリスティーに入って来た。お金が入ると、他人のクリスティーに対する態度も変わって来た。それを感じたクリスティーは、自分が入っている施設に今までのお礼の寄付をして、教会の近くに引越しして来た。

そんなある日、教会へやって来たクリスティーは、自分の母親の相談に来た。そして、「実は、この前、自分を置いて出て行った母親が私を訪ねて来たのです。そして、私を置いて出たことを謝って、これから今までの償いをさせてほしいと言うのです。今のタイミングで現れた母親のことをシスターは、どう思いますか？」と聞いた。そして「私は、今のタイミングで現れた母親のことを、どうしても信じることが出来ないのです。」と言った。

するとマリアは、「そうね、本当は、あなた、私に信用してはだめ。とか、信用してあげなさい。とか…と言う返事を期待しているのでしょうけれど、このことは、あなたが、お母さんをどう思うかによって、決めることだと、私は思うわ。例えば、他人のことを許すとか、許さないとかと言うことをよく聞くけれど、もし、許すと言った人が、心では絶対許さないと思っているのと、絶対許さないと言った人でも、心の中では、許している人とでは、どちらの人の方が、許したことになると思いますか？」とマリアが聞いた。

「それは、心で許した人の方が、許したことになると思います」

「そうでしょう。だから、お母さんのことも、私がどう言うかよりも、あなたがどう思うかで、今後のことを決めるのが一番だと私は思うのよ。あなたも自分が心の底から思って決めたことなら、後で、どんな状況になったとしても、後悔はしないでしょうから」と言うと、クリスティーは、礼を言って帰って行った。

それから、しばらくして、やって来たクリスティーの顔は、明るかった。そして、マリアに、「あれから自分の胸に手をやって考えた結果、母親と一度よく話し合って、自分の決めた生き方をしようと思い、母と会って、私の思いを全部伝えました。今度の本のことも、あの本を出したのは、自分の夢のためで、お金が入って来たことは、良いことではあるけれど、入って来たお金は、自分の生活に必要な分以外は、本当にお金が必要とする人達のために使うつもりだ。と話すと、母は、私を置いて家を出てから、一度も本当に幸福だと思ったことはなかったと言って、泣いた。そして、何度も祖母と私のところへ足を運んで、来たらしいのだけれど、家には入れなくて、遠くから私を見ていたらしい…。祖母が亡くなった後、私の行き先がわからなくて捜していたところ、私の本を見て、今の住所を捜しあてて来たらしい。だから、母は、今のあなたがお金持ちになったから来たのでは決してない。今の私には多くのお金はないけれど、体は健康だから働ける。だから、元気な今のうちに少しでも、あなたの役に立ちたいと思っただけのことなのだと言った。それで私、今すぐとはいかないけれど、もう少し考えてから母を受け入れるかどうか、決めようと思うのです」と言って、明るく帰って行った。

それから、間もなくして、クリスティーは、母と暮らし始めた。二人で、マリアの教会にも来るようになり、クリスティーの母は、教会の手伝いも良くしてくれたし、教会にやって来る子供達の面倒も良く見てくれた。その時の母親は、とっても生き生きしていて、何かのつき物が落ちたように見えた。マリアは、あの人は、長い間、クリスティーを置いて出て行ったという罪の意識に苦しんでいたのだろうなと思った。

その時、フゥと自分も子供の頃、何でも良く出来たマリアの兄を母は、目にかけていて、マリアは、母に対して、どこか冷めた目で見ていた時があった。そういえば、以前、母が何気なく、「マリア。ごめんね」と言ったことがあった。今思えば、あの「ごめんね」は、あの頃の自分の心は、兄の方にばかり向いていて、マリアをかまってあげられなかった。そのための「ごめんね」だったのだろうと思った。マリアの母も、きっと心のどこかで悪かったと思っていて、あの「ごめんね」で心が軽くなったのだろうと思った。

そう考えると、「ごめんね」の言葉は、すごい力があることをマリアは、神様に教えられた気がして、神に感謝した。

ある日、あの合唱団の青年が一人の中東の青年を連れて、マリアのところへ来た。

その青年の目は、どこか愁いを含んでいて、寂しそうな目をしていた。その青年は、神の前で、自分なりの祈り方をしてから、マリアに話し出した。

「僕の信仰する神は、キリスト教ではありませんが、僕はこの人（合唱団の青年のことで、名前はトミーと言う）と、出会って、この人の仕事をさせてもらえるようになってから、人間は、神様のことを勘違いしているのではないだろうか？　と思うようになって、トミーから聞いたあなたに会いたいと思い、今日連れて来てもらったのです。実は、僕には誰にも話す事が出来ない過去があるのです。そのことをシスターに聞いて頂きたいのです」と言った。

マリアは、「それじゃ、本当のマリア様にも聞いてもらいましょうね。その方が、私も力強いですからね」と言って、青年をマリア様の前に座らせた。それを見たトミーは、「ちょっと、町のレコード店に行って来ます」と言って、その場を外した。

青年は、静かに自分の過去を話し出した。

「僕には、神様の前では言えないような過去があるのです。でも今日は、神様からどんな罰を受けてもかまわないと思う覚悟で話します。実は、僕が国にいた頃、宗教戦争が始まって、僕にも銃を持たされ、沢山の人を殺しました。僕は今でも、その時の情景を忘れることが出来ません。神は本当に、人が人を殺し合うことを平気で見ていることが出来るのだろうか？　もうこんなことは嫌だと思い群れを離れて、一人さまよっていた時、トミーの車が通りかかって、僕を助けてくれたのです。今、僕は、トミーについて世界中を廻るうち、僕の過去に犯した罪の意識が増すばかりで、どうしていいかわからないのです」と言った。

青年の話を黙って聞いていたマリアは、「そう、あなたは、そんなに悲しい思いをして生きてきたのね。どんなにか不安だったことでしょうね」と言って、涙を流した。

その様子を見た青年は、「私のような罪深い者のために、あなたは涙を流してくださるのですか？」と感激した。

「あなたが今、疑問に思っている神様の違いについて、私なりに答えるならば、私達人間も皆それぞれ思うことが違い、一人一人の個性があるように、多くの神々にも、それぞれの個性があって、その個性を知った上で色んな働きをされているのだと思うの。だから、どの神様が一番で、この神様はダメというような神様はいないのよ。神様同士は、互いに相手を尊重するから、人間のように戦いはないと思うわ、もし、人間のように相手を思いやることが出来ない神がいたとしたら、それは本当の神様ではないのです。だから、宗教戦争なんて、人間が自分の考えが正しいのだと言う自己主張のための戦いだと、私は思います。だけど、あなたは、そのことに気がついた。そんなあなたを見て、神様はきっと、お喜びになるわ」と言うと、青年の目から涙がこぼれ落ちた。

そして「このような私でも、神様は許してくださるでしょうか？」と言うと、マリアは、笑顔で、

「神様は、きっと、私達の想像をはるかに超えた大きな、大きな存在なのよ。だから、私達をいつも遠くから、優しく見守ってくれているの。私達は、そのことを忘れないで生きていくことが大切なのよ」

マリアのその言葉に青年は、「僕は今、僕の体の中から、何か悪い物が抜け出したような気持になりました」と言って、マリアに礼を言った。

それから、しばらくして教会にやって来た青年の顔は、明るかった。

「これから、ドラムの勉強をして、人々を楽しませる音楽の仕事をします」と目を輝かせて、マリアに語った。

この頃、ジョンの住んでいる町では、原因のわからない病気が流行しだした。ジョンの病院にも、沢山の患者が毎日押しかけて来たが、その病名がわからないので、手のほどこ

しようがなかった。

そんな時、ボブが、以前、自分が牧場をやっていた頃、その牧場の近くで、この病気に似た病気が流行したことがあって、その時、その村の長老が薬草を村人達に調合して、渡していたのを思い出した。

その話を聞いたジョンは、わらをもつかむ思いで、ボブにその場所に行って、情報をつかんで来てほしいと頼んだ。

ボブも快くその仕事を引き受けてくれ、以前住んでいたところの近くを訪ねて歩いた。やっと、出会えた人は、相当の年寄だったが、ボブが事情を話すと、「自分の知っている薬草のすべてを人々のために使ってくれる人がいれば、渡そうと思って書いた」と言うノートを渡してくれた。

「これで、いつ天の神様が迎えに来ても、喜んで行ける。どうか、このノートを人々のために使ってほしい」と言って、ボブの手を固く握った。

急いで、ジョンのところへ帰ったボブは、そのノートをジョンに渡した。ジョンは、すぐに近くの人々の手を借りて、その薬草を集めた。

そして、その薬草をノートに書いてあるとおりに調合をして、病人に飲ますと、不思議な事に、何の薬も効かなかった患者の容態が、急に良くなり、見る見る快復していった。

ジョンは、それから地域の皆を集めて、薬草畑を始めた。そうすることは、この貧困地帯の人達の収入にもつながることだった。

長老から受け取ったノートは、次々と色んな病気の人達を救い出す手引きになった。やがて、この話は、世界中の人達の知ることになり、貧しかったこの地域の人達の上にも光がさすようになった。何よりも良いことは、貧しさゆえに、心が荒れていた人達の心が、温かくなったことだった。

今日は、ジョンとボブを囲んでのパーティーが開かれた。地域の人達も着飾って、ジョンの家に集まった。

すると、一人の男が、「ジョンとボブは、俺達の汚いはきだめに舞い降りた鶴のようだな」と言うと、別の男が、「それなら、また、どこかへ飛んで行かれないように見張っていないとなぁ」と言って笑った。

ある日、マリアの教会を十七～十八才位の少女が訪ねて来た。それは、メアリーが育てたサリーだった。以前、メアリーと一緒に来たことがあったが、一人で来るのは、初めてだった。サリーは、出所して来た母と、二人で住んでいる。そして、メアリーと同じように最近、乳児院で働きだしたのだった。

今日、マリアを訪ねたのは、マリアに聞きたいことがあるとのことだった。それは「自分は、このまま結婚しないで、一生恵まれない子供達のために働きたいと思うのだが、それは間違った考えなのでしょうか？」と聞いた。

その言葉を聞いたマリアは、驚いた。そして、サリーに言った。「あなたが今言った言葉は、以前、メアリーがあなたを引き取って、自分の子供として育てようと考えた時、私に言った言葉にそっくりよ」と言うと、サリーは、少し考えるような様子をしてから、「そう、ママも…」と言った。今のサリーは、メアリーのことをママ、実の母のことをお母さんと呼んでいる。

しばらく、無言でいたサリーは、マリアに「シスター、私って、とても幸福者ですね。だって、私を思ってくれている母親が二人もいるのですもの…実は、お母さんも長年、私を放っておいた罪滅ぼしだと言って、とても、私の面倒をみてくれるの」

「そう、それは、良かったわね、だけど、お母さんが、どうしてそんなに変われたのか、あなたはどう思う？」と言うと、サリーは、また少し考える仕草をした。

「それはね、あなたの心がお母さんを変えたのよ。メアリーがあなたを救ったように、あなたもお母さんの心を救ったのよ。人と人の繋がりって不思議なものね。だって、あなたとメアリーは、全く血のつながらない親子なのに、考えることは、二人共、同じような考えを持っているのですものね…」と言って、マリアは、少し考えてから、「不思議と言えば、亡くなったシスターと私の関係も本当に不思議な出会いによって、生まれたのよ。私、思うのだけれど、私達の一生って、小さいことは別にして、だいたいの運命って言うのは、もう決められているのじゃないかしら。もし、そうだとすれば、あなたの結婚についても、余り早くから自分で決めなくても、自然に任せて生活していれば、きっと、あなただけの道が見えて来るのじゃないかしら…」そこまで言うと、急にサリーの顔が明るくなって、マリアに礼を言うと、急いで家に帰って行った。

それから、また、年月が経って、マリアの髪にもちらほら白い物が見え始めた。そんなある日、メアリーが教会にやって来た。メアリーは結婚してから、二人の男女の子供を産んで、ようやく二人も社会に巣立って行き、今は退職した夫とボランティアをしながら、趣味のダンス教室に通っている。他人から聞いた話では、なかなかの腕前らしい。そういえば、見た目も若々しく見えた。

「まあ、メアリー久しぶりね。でも、元気そうでよかったわ」とマリアが言うと、メアリーは、弾んだ声で、「実はね、今日私がここへ来たのは、マリアを私達の仲間に誘うためなのよ」と言った。

「誘うって、いったい、私に何をしろって言うの？」

「ダンスよ、どう、私達の仲間に入って、あなたもダンスを始めてみない？」

「ダンスなんて、学校でフォークダンスを踊ったぐらいのもので、私には出来ないと思うわ」

「大丈夫、あなたは、以前に、子供達にあんなに素敵な合唱を教えていた人ですもの。きっと、出来るわ、楽しいわよそれに亡くなったシスターだって、あなたの楽しい姿をきっと見たいと思うわよ。あなたは、ここに居ればいいのよ。私達がここへ通って来るから…」と言った。

それならと言うことで、曜日を決めて、教会でのレッスンが始まった。初めは、渋々だったマリアも、だんだん日を重ねるうちに楽しくなってきた。

それから、一年、教会でのダンスパーティーが開かれた。そこへ集まった人々の中には、ジョンやボブ、メリーやその家族、それにあの少年団にいたトミーの姿も見える。楽しく踊るマリアの耳元に、「マリア、よかったわね。沢山の家族が出来て…」とシスターの声が聞こえた。

マリアが、その子（女の子）と出会ったのは、ホスピスからの帰り教会の門をくぐる手前だった。その子は教会の門の近くにうずくまっていた。

マリアが「どうしたの、気分でも悪いの？」と聞くとその子は、顔をあげた。だがその子はマリアには見覚えのない子だった。

その子は、マリアの顔を見ると泣き出しそうな顔をして「私、これからどうすればいいのかわからないの」と言った。取りあえず、話を聞くために、教会の中へその子を連れて入った。そしていつものビスケットと紅茶を出すと、それをその子は、おいしそうに食べた。そして、少し落ち着いたのか、マリアに出会って少し安心したのか、自分のことを話し出した。

自分はカナダから母親と二人でニューヨークに旅行に来たこと、昨日は母親と一緒に買い物をしたり、食事をしたりして過ごし、ホテルに泊まった。今日は、母親と町の中を、どことなく歩いていて、この場所に来た時、母は急に「ちょっと用事を思い出したので、少しの間ここで待っていて、すぐに帰って来るから」と言った。しかし、母はそれっきり帰って来なかった。

その話を聞いたマリアは、「それじゃ、お母さんに何かあったのかも知れないから、一応警察に届けなければね」と言うと、

「そんなことをしても、母は見つからないと思うわ」と、その子は言った。

何だか複雑な事情がありそうなので、マリアはその子の話を聞くことにした。その子が言うには、両親は自分が五才の時、離婚したこと、自分の年齢は八才で名前は、マリア。その子の名前を聞いてマリアは、驚いた。マリアが、自分の名前も同じマリアだと言うと、その子はうれしそうな顔をした。それにしても、どうして母親の居場所がわからないなんて、このマリアは言うのだろう…。と考えていると、その子は、「ママは、私がいらなくなったのよ。だって、この頃、家に帰らない日が多くなっていたの。ママは一人になって、自由になりたいのだと思うわ」

「そんなこと言ってもママに直接聞いていないのでしょう? 明日になれば、きっとここへ迎えに来るわよ」と言うと、

「ママは、私をここへ置いて去って行く時、少し行ってから私の方を振り向いたわ。それ

は、もう私のところへ帰らないってことだと思ったの」

　その言葉を聞いたマリアは、この八才の子供が母親の心を知りながら、母親を追って母親にすがることをしなかった。自分がこれからどうすればよいかわからない、と言うこの子のどこに、母を自由にしてあげようと思う強さがあるのか？　マリアは、小さなマリアに何とも言えない愛おしさを感じて、その子を抱きしめた。

　その後、警察へも届けたが、やはり、その子が言ったように母親は、カナダの家から引っ越していて、母親の行方は、わからなかった。マリアはその子に名前が同じでは片づけられない別の何かを感じていた。それは、以前のシスターとマリアの縁のようなものだった。それからというもの、マリアはその子と教会で一緒に暮らし始めた。すると、その子は、マリアが特別に神様のことを教えないのに自分で礼拝をするし、教会の中のこともきちんと出来た。その様子は、マリアから見ていても自然体のように見えた。マリアは、ますます神の縁を感じていた。

　しかし、困ったことが一つあった。それは、その子の国籍はカナダだったので、いつまでもニューヨークでは暮らせないことだった。だが、マリアは、この子を手離す気になれなかった。どうするのがこの子のためなのか、迷ったマリアは、その子に話した。

　すると、その子の言うには、「私は、これからも神様の傍に居るシスターのようになりたい」と言った。その言葉を聞いたマリアは、この子は、やはり神が私のところへお使わしになった神の子なのだと確信した。

マリアは、考えた末、この子がこの国にいられるために、自分との養子縁組をすることにした。そのことをその子に話すと、とても喜んだ。

それから、間もなくして、その子は、修道院に入った。

それから、五年後、マリアの教会を一人の女性が訪ねて来た。マリアは、その女性が誰なのか、すぐにわかった。その人は、あのマリアにそっくりの顔をしていた。マリアは、教会の中に招き入れ、その人の話を聞くことにした。

その女性の話によると、あの日、自分は、あの子を置き去りにする場所を捜していて、この場所を通りかかった時、（ここなら、この子を神様が拾ってくださるだろう）と、自分勝手な考えで、この前に置き去りにしたのです。あの時、私は愛人との生活のことばかりを考えていて、一番大切な人のことを忘れていたのです。それからの私にも、少しの間は楽しい愛人との暮らしが待っていましたが、その楽しい日々も長くは続かなかった。愛人はすぐに別の女性の方へと走った。その時、あの子を迎えにここへ来ようと思ったが、こんな自分勝手な母親をあの子は許してはくれないだろう…。もし、あの子が許してくれたとしても、神様が許してはくださらないだろう…。と思い今日まで一人で頑張った。しかし、二ヶ月前、背中にひどい痛みを感じて医者に行くと、体内にガンが出来ていて、もう手のほどこしようがないと言われた。これは、私があの子にした仕打ちに対して、神様が与えた罰だと思うのです。だけど、死ぬ前に一目でいいから、あの子に会って謝りたいと思い、ここへ来れば会えると思ってやって来た。と涙ながらに話した。

マリアが、あの子に出会ってから今日までのことを話すと、女性は、泣きながら、マリアにお礼の言葉を述べた。それから、マリアが、修道院のマリアに連絡すると、すぐに教会へ駆けつけた。お互いの顔を見た二人は、何も言わずに抱き合った。

その後、三人で話し合った結果、母親はマリアの紹介で、マリアのよく行くホスピスに入ることになった。

そして三ヶ月後、母親は、安らかに天国に旅立った。その間、娘のマリアと過ごす日々が、母親には一番楽しそうだった。

マリアが今、思うには、人は皆、自分のすぐ傍に宝物があるのに気づかないで、遠くの物ばかりを追い求めて、苦しむのだと…。でも、この母親は、最後に本当の宝物を手にすることが出来たことは、母親にとっては、幸福だったように思えた。

その日は修道院から、小さい方のマリアが、休暇のため教会に帰って来た。教会の中の掃除や雑用を済ませた二人は、いつものビスケットと紅茶で休憩をした。

すると、「シスター私、この頃、不思議な夢をよく見るの。それはどこなのかわからない未知の世界のようなところへ行く夢。だけど、そこへ行くのは、いつもシスターと一緒なの。シスターは、そんな夢見たことがありますか？」と、マリアに聞いた。

そういえば、もう随分長い間、あの国のことは、忘れていた。そういうのも、今のマリアには遠い国まで行かなくても神様はいつも自分の身近にいてくださると思っているからだ。だがそれを聞いたマリアは、フッと、あぁ、そういえば、あの通行証はどこへしまったのかしら。と思い、「ちょっと待っていてね。私、捜し物をして来るから」と言って自分の　部屋に戻ると、あちこちを捜し始めた。

そして、「ああ、そうそう私が最後にあのカードを使ったのは、あの修道院の時、使っていたバックから取り出した時だったわ」と思い出して、今は使わなくなった、古いバックの中に手を入れた。するとそのカードは、昔のままで、そこに入っていた。

そして、マリアのところへ戻ると、「さあ、あなたが夢に見た未知の世界へ一緒に行きましょうか」と言って、マリアの手を取った。

すると、二人は、一瞬にしてあの広場の中央についた。今度は、もう八つの扉の向こうには何があるのか知っているマリアだったから、迷うことなく、神様の居る入口の方へと、小さいマリアを連れて行った。

一方、小さいマリアの方は、自分が夢で見た世界にマリアと来ていることが、夢なのか現実なのかわからなくて、一言も言葉を発することが出来ずにいた。

二人が中に入ると、辺り一面ぱっと明るくなって、清い光で、その中は満たされた。すると正面の階段をキリストが降りて来て、二人の前に立った。

「やあ、マリア、久しぶりだね。マリアはいつも人々に私の心を伝える役目をしていてくれることに感謝するよ」と言った。

イエスの口から感謝と言う言葉を聞いたマリアの目から、涙があふれ出た。「いいえ、イエス様。私は以前のイエス様の言葉どおり、その日その日を自分の思っているように、ただ、生きているだけで、イエス様の心などと言う恐れ多いものを、人々に伝える役目を本当に出来ているのでしょうか？」

「大丈夫。出来ているよ。マリアにはそれが出来る魂があるからこそ、私はマリアにその役目を与えたのだから。マリアは、地上で子供を産まなかったが、マリアが育てた魂の子供は沢山産んでくれた。その神の魂の子供達が、地球上にあふれることが私の願いなのだ。私がマリアに言った感謝の言葉は、マリアが多くの子供達に神の魂を吹き込んでくれたことへの感謝なのだよ」と言った。

マリアは、キリストの傍に誰もいないことに気がついて、キリストに尋ねた。「イエス様、今日は、シスターとあの少女には会えないのですか?」

するとイエスは、「シスターは、マリアの傍にいるではないか」と言った。マリアは、あわてて自分の傍を見たが、自分の横には、小さいマリアがいるだけで、シスターの姿は見えなかった。

すると、「シスターは、その小さい方のマリアだよ」と言った。マリアには、その意味がすぐにはわからなかった。「小さなマリアは、シスターの生まれ変わりなのだよ。そして、あの少女は、今のマリアの中にいるのだよ。以前、少女はマリアを連れてこの国に来た。今はマリアがマリアを連れてこの国に来た。どうだ、これで宇宙のことがわかって来たかね。つまり、宇宙は、この国も地球の国もそのほかの国も皆、繋がっていると言うことなのだ。人間は、物体の死をもって、人の死と言っているが、それは、間違った考えなのだ。その間違った考えがあるから、人間は死を恐れるのだ。だがもし人間に恐れがなくなったとすると、何も考えないで生きる人間が増える。それは、まだ人間の魂が不完全だからだ。だから神は、人間が地上に産まれ出た瞬間に、以前の記憶を消してしまうのだ。お前の傍にいるマリアも、自分の考えで、また、マリアの傍に行って共に人々のために働きたいと思い地上の母の腹の中に入ったのだよ」

イエスがそこまで言うと、小さなマリアの目が輝いた。「そうすると、私もシスターと同じ神様のお使いが出来る資格があるのですね」と言うと、「そうだよ。これからも、私の願いの手伝いをしておくれ」と言って、持っている杖で、小さなマリアの胸をついた。

すると、強く明るい光が、小さなマリアの胸に入った。小さなマリアは、涙を流して、イエスにお礼を言った。

それからの二人は、実の親子のように仲良く、神の使いとしての役目を果たした。

番外編

マリアが目を覚ますと、そこは、雲の上だった。マリアの衣は純白で、姿は十八才くらいの少女の姿に変わっていた。

（ここはいったいどこなのか？）と考えていると「マリアは、これからどの世界へ行きたいのだ」と雲が言った。

その時、初めてマリアは、自分は地上で死んだのだとわかった。

こんな時、普通の人なら天国へ行きたいと答えるのだろうがマリアは、少し考えてから「私には天国は退屈のように思えるから何か？　私に出来る仕事がある世界に行きたいです。それともう一つ願いが叶うなら、先に亡くなったシスターが暮らす世界へ行きたいです」と言うと、雲は、ぐんぐん空を昇っていった。

そして着いたところは、広い野原のような雲の世界だった。

すると雲の中から一人の女性が現れた。よく見ると、それは先に亡くなったシスターだった。

マリアは駆け寄りシスターの胸に飛び込んだ。「まあマリアったら昔のマリアのままね」

と言って笑った。「シスターここは、どういう世界ですか？」と聞くと「ここは雲の世界だけれど、ここの雲は、ただの雲ではないのよ。今は一つに見えているこの雲も、この世界で暮らす人達の乗り物になるために、一人一人の雲に分解することが出来るのよ、今あなたが乗って来た雲も、ここの雲の分身なのよ、地上で命終わった者は、みんな魂だけになって天上に昇ってくる。その時に行く魂の世界は、その人の思想によって決まるのよ。マリアが、ここの世界へ来たと言うことはマリアと私の思想が似ていると言うことなのよ」

気がつくとマリアの周りには沢山の人が集まっていた。その人達に向かってシスターは、マリアを紹介した。そして「ここの人達は、みんなマリアと同じような思想の持ち主なのよ、だからここの人達にとっては、ここが天国なのよ」と言った。

その後、マリアが知ったのは、実はこの世界の雲は魂なのだ。したがって、その人にあてがわれる雲は、その人だけの友であり分身なのだ。

マリアは、ここに来てから、雲に乗って空を飛ぶ体験が楽しくて、雲にお願いして世界の空を旅した。

ある日、山の中に一筋の煙を見つけたマリアは、そこに行きたくなった。雲を降りて、その場所に近づくと、一人の女性が、かまどの中に、細かく割られた木を燃やしていた。

その女性の周りには、淡く綺麗な光が射していた。何とその人は、あの教会の中のマリア像のマリア様に、そっくりだった。驚いたマリアは「あなたは、本物のマリア様ですか？」と聞いた。

するとその人は「そうです」と答えた。不思議に思ったマリアは、「マリア様は、こんなところで何をしているのですか？」と聞いて見た。

「私はこの山で、地上と、天国とで暮らす、すべての人々の幸福を願って香木を燃やしているのです。あなたが自分だけの仕事を求めてあの雲の世界に行ったように、ここでの祈りが私の仕事なのです」

マリア様のその言葉を聞いたマリアは、自分が今、している行動を恥じた。（自分は、この世界に来たのは、自分だけの仕事がしたいからだった。それなのに今の自分は雲に乗って、ただ宇宙を旅しているだけだ）そのことをマリア様に話すと

「あなたは、自分のことを恥じなくてもいいのよ、自分の仕事と言うものは人のためにする仕事だけではありません。あなたは、自分の今の様子を、ただ、旅をしているだけ、と

言いましたが、その旅をしたから今ここにいるのです。それに旅の中で学んだ知識も、あなたの仕事と思えば仕事なのです。大切なのは形ではなくてハートなのです。したがって、どんなことでもハートを入れて行えば、すべての道に通じます」と言った。

今日もマリアは、雲に乗って空を飛んでいた。すると「マリアは、この頃元気がないね、私と旅をするのが嫌になってきたのかね?」と雲が聞いた。マリアは「それが自分でもよくわからないの、私は今、自由にどこへでも行ける。それに、思想の良く似た人達も沢山、傍にいる。そのことを思えば、今の私はとても幸せなのに、何故かここには私が本当にやりたいことがないのです」そう言うと「そうか、マリアも、やっと、ここがどういうところか、わかったようだね。ここの世界は魂だけの世界だ。したがってマリアのように誰かのために働きたい。と思うような人には、住みにくいところなのだ。だから、ここの世界へ来た多くの人は早く地上に生まれ変わりたい。と望むのだ」

その話を聞いたマリアの目が輝いて、

「それでは私もまた、地上に生まれ変わることが出来るのですか?」と聞いた。すると、

「マリアは、この私の仕事を、すっかり忘れているようだね」そう言われて少し考えたマリアは、

「そうだ、あなたは、私を、地上に迎えに来てくれました。ということは、反対に地上に、

返す役目もしてくれるのですか？」と聞くと、

「それはマリアが、望めばのことだけれどね」と言って笑った。

やがて、シスターのところへ帰ったマリアは、自分の考えをシスターに伝えた。すると、「そう、マリアも、どうやら、ここの世界のことが、わかったようね、人は皆、天国と言う言葉が好きだけど本当は天国や地獄のように決められた世界はないのよ。その世界を作るのは、みんな自分のハートなのよ、したがってこの全世界を動かすのは、すべての生き物のハートなのよ」そして「私はマリアが地上に帰る時、さよならは言わない。地上に帰って頑張って、とも言わない。それじゃまたね」と言って見送ってくれた。

月日は、流れ、ここはニュヨークの閑静な住宅地、家の中から「行ってきます」と、元気に一人の少女が出て来た。その後から三才ぐらい年上の少年が「まてー」と言って、飛び出してきた。その様子を、あのマリアの雲が笑って見ていた。

ハートは世界《せかい》の共通語《きょうつうご》

著　者　リュウテンカ

発行日　2017年2月19日　第1刷発行

発行者　田辺修三
発行所　東洋出版株式会社
〒112-0014　東京都文京区関口1-23-6
電話　03-5261-1004（代）
振替　00110-2-175030
http://www.toyo-shuppan.com/

印刷・製本　日本ハイコム株式会社

ISBN 978-4-8096-7857-8
定価はカバーに表示してあります